검선마도

조돈형 新무협 판타지 소설

FANTASTIC ORIENTAL HEROES

劍仙魔刀

검선마도 11

조돈형 新무협 판타지 소설

초판 1쇄 찍은 날 § 2019년 11월 14일
초판 1쇄 펴낸 날 § 2019년 11월 21일

지은이 § 조돈형
펴낸이 § 서경석

총괄팀장 § 노종아
편집책임 § 김대용

펴낸곳 § 도서출판 청어람
등록번호 § 제387-1999-000006호
등록일자 § 1999. 5. 31
어람번호 § 제2-2818호

주소 § 경기도 부천시 부일로 483번길 40 서경B/D 3F (우) 14640
전화 § 032-656-4452 팩스 § 032-656-4453
http://www.chungeoram.com
E-mail § chungeorambook@daum.net

ISBN 979-11-04-92085-1 04810
ISBN 979-11-04-91930-5 (세트)

劍仙魔刀

검선마도

조돈형 新무협 판타지 소설

FANTASTIC ORIENTAL HEROES

11

검선마도

제76장

몰락(沒落)

풍월이 강하다는 소식은 많이 접했으나, 그가 성질이 전혀 다른 두 가지 무공을 동시에 사용할 수 있는 괴물 같은 능력을 지녔다는 것을 전혀 알지 못하는 철항은 풍월의 자세에서 할 말을 잃었다.

쌍검술도, 쌍도술도 아니다.

좌검우도(左劍右刀).

상리상 있을 수 없는 자세다.

풍월과 대치하고 있는 장로들의 표정이 무섭게 일그러졌다. 진짜 합격술 운운한 것은 그저 자신들을 조롱하기 위한 장난이라 여겼다. 애당초 혼자서 합격술을 사용한다는 것 자체가 말이 되지 않는 것이다.

"소리장도(笑裏藏刀)!"

분노에 찬 철항의 외침을 들으며 풍월은 자하신공과 천마대공을 동시에 운기하기 시작했다. 성질이 전혀 다른 두 가지 내공이 경쟁이라도 하듯 단전을 휘감고 돌아 전신으로 뻗어나가며 미친 듯이 폭주하기 시작했다.

일곱 개의 기운이 움직일 수 있는 모든 방위를 차단한 채 밀려든다.

풍월은 뇌운보를 펼치며 냉정하게 적의 공격을 살폈다.

여섯 개는 허초이자 미끼일 뿐이다. 격체전공을 통해 힘을 증폭시킨 하나를 찾아야 했다.

하지만 그것이 결코 쉽지 않았다.

칠성비도연환진 자체의 묘용인지, 아니면 합격진에 완벽히 녹아든 장로들 개개인의 능력인지 알 수는 없으나 허초와 실초가 전혀 구별되지 않았다. 어쩌면 그것이야말로 단순히 격체전공을 통해 일곱 명의 힘을 하나로 합치는 것보다 더 큰 무기란 생각이 들었다.

풍월이 금방이라도 폭발할 것 같은 자하신공의 기운을 묵운에 담았다.

자하검법의 절초 자하낙영(紫霞落榮).

파스스슷!

묵운의 끝에서 솟구친 자줏빛 기운이 주변을 휘감으며 적들의 공격에 맞섰다.

철항은 조금 전까지만 해도 가공할 도법을 사용하던 풍월이 느닷없이 검을 사용하자 경악을 금치 못했다.

도법과 검법이라니 상식적으로 이해가 되지 않았다.

더구나 그 수준이 기함할 정도다.

단순히 흉내만 내는 것이 아니라 그 위력이 조금 전, 자신들의 간담을 서늘케 했던 도법에 결코 못지않았다.

하지만 정말 놀랄 일은 따로 있었다.

"자, 자하… 검법?"

철항은 풍월이 사용하는 검법이 화산의 자하검법임을 알아보곤 입을 쩍 벌렸다.

젊은 시절 화산파의 무공을 접해본 그는 화산의 검법이 얼마나 무서운지 알고 있다. 특히 화산파를 상징하는 자하검법의 위력은 말로 표현할 수가 없을 정도였다.

당시 중원의 뭇 고수들을 격살하며 기세를 올리던 칠성비도연환진을 유일하게 막아선 사람이 바로 자하검법을 사용하던 화산파의 중년 도사였다.

치열한 싸움 끝에 양패구상을 하였으나 중년 도사는 이미 상당한 부상을 당한 상태로 자신들과 싸운 것이기에 결과적으론 칠성비도연환진의 패배라고 해도 과언은 아니었다.

'훗날 그자의 별호를 알게 되었지.'

철항은 자줏빛 강기막을 사방에 뿌려대는 풍월에게서 과거에 상대했던 중년 도사의 모습을 떠올렸다.

'화산검선.'

문득 북해빙궁에서 보내온 전서에 풍월이 전대 무림십대고수라는 검선과 마도의 후인임이 언급되었던 것을 떠올렸다. 당시엔 그냥 스쳐 지나갔으나, 자하검법을 본 지금 모든 것이 명확해졌다.

'네놈, 그자의 후손이구나.'

칼을 쥔 손에 절로 힘이 들어갔다.

과거의 빚을 갚아줄 더없이 좋은 기회다.

풍월의 목을 향해 칼을 휘두르는 철항의 눈빛이 차갑게 빛났다.

꽝! 꽝! 꽝!

장로들이 뿜어낸 일곱 기운이 풍월이 펼쳐낸 강기막과 정면으로 부딪치며 요란한 충돌음을 일으켰다.

일곱 기운 중 여섯 개는 허무할 정도로 쉽게 막혔지만 단 하나, 가장 좌측에서 조용히 달려든 기운이 순식간에 강기막을 뚫어냈다.

허초에 반응한 풍월과 그 틈을 놓치지 않고 파고든 실초.

승리를 확신한 장로들이 입가에 미소를 지었다.

비록 강기막과 충돌하여 그 위력이나 기세가 한풀 꺾이긴 했어도 풍월의 목숨을 빼앗는 데에는 전혀 무리가 없어 보였다.

하지만 그 미소가 경악으로 변하는 것은 순식간이었다.

풍월의 옆구리를 파고들던 기운이, 풍월의 숨통을 끊어버릴 것이라 확신했던 기운이 간발의 차이로 막힌 것이다.

"마, 말도 안 돼!"

철항의 입에서 비명과도 같은 외침이 터져 나왔다.

검을 움직일 시간은 분명 없었다. 미끼를 자처했던 장로들이 연이어 공격을 퍼부으며 틈을 주지 않았기 때문이다.

의혹에 물들었던 철항의 눈에 부드럽게 움직이는 묵뢰의 모습이 보였다.

최후의 일격을 끊어낸 것은 다름 아닌 묵뢰였다.

"저, 저게 왜 여기서……."

철항은 말을 잇지 못했다.

한 손엔 검을, 다른 한 손엔 도를 들고 있었지만 그저 허세일 뿐, 어차피 사용하는 무기나 무공은 하나라 생각했다. 그리고 자하검법을 보면서 오른손에 들린 도는 아예 신경도 쓰지 않았다. 자하검법을 펼치면서 또 다른 무공을 사용한다는 것은 애당초 있을 수가 없는 일이었으니까.

한데 그런 말도 안 되는 일이 눈앞에서 벌어졌다.

단순히 운이 좋아, 임시방편으로 칼을 치켜들어 막은 것이 아니다.

강기막을 뚫기 위해 그 위력이 다소 감소가 되었다고 해도 일곱 장로의 힘이 하나로 모인 공격이 운이 좋아 임시방편으로 치켜든 칼 따위에 막힐 리는 없었다. 곧바로 이어진 역공을 감안했을 때, 이는 풍월의 완벽한 실력이라 봐야 했다.

공격이 막힐 것이라 상상조차 하지 않고 있던 장로들, 특히 격체전공을 통해 동료들의 내력을 전이받고 이를 통해 회심의 일격을 날린 장로 웅어의 충격은 대단했다.

풍월은 그런 웅어의 움직임을 놓치지 않았다.

묵뢰가 풍월의 손을 떠났다.

풍뢰도법 제사초식, 비도풍뢰.

천마대공의 막강한 내력이 담긴 묵뢰가 빛살이 되어 날아갔다.

"위험하다!"

웅어와 가장 가까이에 있던 철항이 번개처럼 움직이며 묵뢰를 쳐냈다.

꽝!

철항으로 인해 궤적이 살짝 바뀐 묵뢰가 당황하고 있는 웅어의 어깨를 스치고 지나갔다.

웅어의 머뭇거림과 철항의 예상치 못한 이탈에서 풍월은 마치 하나의 몸처럼 맞물려 움직이는 칠성비도연환진에 허점이 생겼음을 간파하고 즉시 안쪽으로 파고들었다.

묵운과 묵뢰가 동시에 강기를 뿜어냈다.

풍월은 장로들 사이를 교묘하게 파고들며 그들이 연계를 하지 못하도록 방해를 했다.

풍월의 움직임이 무척이나 빠르고 과감했다. 하나 평생 동안 함께 칠성비도연환진을 익혀온 장로들의 반응도 풍월의 예상을 벗어났다.

풍월이 칠성비도연화진의 중심으로 파고들었을 때 장로들은 완벽에 가까운 방어망을 구축하고 역공을 펼칠 준비를 갖춘 상태였다.

풍월은 그나마 반응이 늦었던 웅어를 집중적으로 노렸다.

풍월이 웅어를 노리자 칠성비도연환진의 움직임이 급변했다.

운영의 주체는 철항이었으나 중심은 웅어라 할 수 있었다. 한데 그 중심마저도 웅어에서 철항으로 바뀐 것이다.

풍월의 날카로운 눈은 그 흐름을 놓치지 않았다.

이미 미끼로 변해 버린 웅어에 집착할 이유는 없었다.

웅어를 향해 쇄도하던 묵뢰가 곧바로 방향을 바꿔 철항을 노렸다.

철항도 즉시 움직였다.

단순히 위치를 바꿨을 뿐인데도 풍월에게 노출되었던 철항이 어느새 깊숙이 숨어버렸고 동시에 사방에서 풍월을 노린 칼들이 날아들었다.

풍월은 철항을 놓칠 생각이 없었다.

자하검법으로 사방에서 들이치는 공격을 막아내며 철항을 향해 묵뢰를 뻗었다.

순간, 묵뢰의 끝에서 뻗어 나온 강기가 조그만 구체를 형성하기 시작했다.

천마무적도 제육초식 천마환이다.

도강을 극도로 압축시킨 도환(刀丸).

묵뢰를 벗어난 도환이 철항을 향해 맹렬히 쏘아졌다.

자신을 향해 짓쳐드는 도환을 보는 철항의 표정이 급격히 어두워졌다. 아직 힘이 부족했다. 격체전공이란 것이 단순히 생각을 하거나 손을 뻗는다고 내력이 전달되는 것이 아니다. 칠성비도연환진을 운용하는 과정에서 형성되는 기의 흐름에 따라 자연스레 전해지는 것이다.

문제는 풍월의 좌수에서 펼쳐지는 자하검법이 그런 흐름을 완전히 끊어놓고 있다는 것.

풍월은 자하검법을 단순히 방어용으로만 쓰지 않았다.

장구한 무림의 역사 속에서 능히 다섯 손가락 안에 꼽히는 검법을 방어용으로만 쓰는 것은 낭비이자 자하검법에 대한 모독이다. 상대의 공격을 막아내는 것은 물론이고 틈만 나면 역공을 펼쳐 칠성비도연환진 자체를 뒤흔들었다.

꽈꽈꽝!

묵뢰에서 발출된 도환이 철항에게 도착하기 직전, 풍월의 좌측에서 엄청난 굉음이 터져 나왔다.

"크헉!"

외마디 비명과 함께 장로 목인술이 뒷걸음질 쳤다.

쿵. 쿵. 쿵.

뒷걸음질을 칠 때마다 한 뼘 깊이의 발자국이 생겨났다.

"쿨럭!"

걸음을 멈춘 목인술이 선홍빛 피를 거칠게 토해냈다.

예리한 자상이 가슴을 가르고 지나갔는데 그보다는 마치 내가중수법(內家重手法)에라도 당한 것처럼 내부의 기혈이 진탕되는 것이 문제였다.

철항을 구하기 위해 다소 무리하게 풍월을 공격하다 자하검법과 천마탄강의 반탄강기에 제대로 당한 것이다.

목인술이 고개를 돌려 자신과 함께 풍월을 공격했던 동료를 찾았다.

삼 장 정도 떨어진 곳에서 꿈틀거리는 몸뚱이를 보았다.

칼을 든 팔은 몸뚱이보다 먼 곳에 떨어져 있었고 허벅지 아래도 보이지 않았다.

목인술은 절망했다.

한평생을 함께한 동료의 죽음도 가슴이 찢어지는 듯한 고통을 안겼지만 무엇보다 칠성비도연환진이 무너졌음을, 그로 인해 더 이상 풍월을 막을 수 없다는 것이 절망스러웠다.

지금까지 보여준 풍월의 실력을 감안했을 때 칠성비도연환진 없이는 그를 상대할 수가 없었다.

장로들의 죽음은 물론이고 자칫하면 장백파의 존립 자체가 뿌리째 흔들릴 수도 있는 것이다.

"괴물……."

목인술의 입에서 허탈한 음성이 흘러나왔다.

무림사에서 도환과 검강을, 그것도 성질이 전혀 다른 기운을 동시에 뿜어낼 수 있는 인간이 있었던가.

자신이 아는 관점에서 풍월은 도저히 인간이라 할 수 없었다.

목인술이 힘없이 무릎을 꿇을 때 더 이상 물러날 곳이 없던 철항이 이를 악물고 칼을 휘둘렀다.

사류연환십이도의 마지막 초식 양화천염(陽火天炎).

워낙 막대한 내력이 소모되는지라 평소엔 상상도 할 수 없는 초식이다.

철항의 칼에서 솟구친 뜨거운 열기가 온 세상을 가득 뒤덮었다.

극한의 열기를 품은 강기가 그를 향해 짓쳐오는 도환과 정면으로 부딪쳤다.

꽈꽈꽈꽝!

천지가 개벽하는 굉음과 함께 엄청난 충격파가 주변을 휩쓸었다.

몰아치는 폭풍 속에서 철항과 풍월은 한 치의 물러섬도 없이 치열하게 공방을 펼쳤다.

두 명의 동료가 쓰러지면서 더 이상 칠성비도연환진을 구축할 수 없다고 판단한 장로들은 죽을 각오를 하고 전력을 다해 철항을 도왔다.

철항은 동료들이 전이한 막강한 내력을 바탕으로 풍월이 날린 도환을 무리 없이 소멸시키고 공세를 펼쳤다.

누가 봐도 철황이 우위를 잡은 모습이나 정작 그의 표정은 밝지 않았다. 한계가 뚜렷한 자신과 비교해 풍월의 움직임에서 너무도 여유가 느껴졌기 때문이다.

한 줄기 섬전이 온 세상을 태워 버리겠다는 기세로 뜨겁게 타오르던 열기를 뚫고 짓쳐들었을 때, 철항은 그 불안감의 정체를 확인할 수 있었다.

천마무적도 제팔초식 천마뢰.

깨달음은 물론이고 내력의 부족으로 지금껏 제대로 펼쳐보지도 못한 극강의 초식.

천마뢰가 묵뢰를 통해 모습을 드러냈을 때 지옥의 염화와도 같았던 강기는 힘없이 소멸되고 철항의 몸을 휘감고 있던 불꽃 또한 순식간에 사라졌다.

천지를 뒤흔드는 뇌성벽력과 함께 가공할 위력의 뇌전(雷電)이 철항의 몸을 강타했다.

비명은 없었다.

뇌전에 직격을 당한 철항의 몸은 순간적으로 갈가리 찢겨져 사방으로 흩어졌다.

철항이 쓰러지자 그에게 내력을 전이하고 있던 동료들이 괴성을 지르며 달려들었다. 하나, 한 줌의 내력까지 철항에게 전이한 그들의 공격은 풍월에게 조금의 위협도 될 수가 없었다.

그들을 향해 묵운을 던진 풍월이 여전히 치열한 접전을 펼치고 있는 공각을 향해 몸을 돌렸다.

단말마의 비명이 연이어 들려오고 장백파가 자랑했던 장백칠웅(長白七雄)의 숨통을 모조리 끊어버린 묵운이 우아한 호선을 그리며 풍월의 품으로 돌아왔다.

장백칠웅 이외에도 십여 명의 장백파 제자들이 풍월의 주변에 있었지만 누구도 함부로 길을 막는다거나 공격을 해오지 못했다.

그들 모두가 덤벼도 장백칠웅 중 한 명을 상대하기 버겁다.

한데 풍월은 그런 장백칠웅이 펼친 칠성비도연환진을 박살 냈고 그들 모두의 숨통까지 끊어버렸으니 감히 나설 엄두를 내지 못했다.

풍월이 공각을 향해 천천히 걸음을 옮길 때 유연청과 황천룡이 달려왔다. 처음엔 그들도 함께 싸웠지만 어느 순간부터 공각 홀로 장백파의 제자들을 상대하고 있었다.

"괜찮아요?"

유연청이 풍월의 몸을 살피며 물었다. 표정을 보니 풍월과 장백칠웅의 치열한 접전을 지켜보며 꽤나 초조해했던 모양이다.

"괜찮아."

"합격진의 위력이 보통이 아닌 것 같아서 걱정했어요."

"보통이 아니긴 했어. 그래도 결과는 바뀌지 않았지만."

풍월이 어깨를 살짝 올리며 웃었다.

"공각이 단순히 땡중이 아니라는 것은 알았지만 저렇듯 대단할 줄은 생각도 못 했다. 분명 포위 공격을 당하고 있는 것은 공각인데 상황만 놓고 보면 누가 포위를 하는 것인지 모르겠다니까."

황천룡이 적진을 헤집고 다니는 공각을 가리키며 말했다.

공각의 몸이 움직일 때마다 사방에서 비명이 터져 나왔고 그 비명을 낭랑한 불호가 뒤따랐다.

"네가 상대한 그 합격진 말이야."

"예."

"공각도 상대했다. 물론 네가 상대한 늙은이들과는 수준 차이가 났지만 그래도 만만치 않았어. 놀라운 것은 저 땡중이 너무도 손쉽게 박살을 냈다는 거야. 합격진만 상대한 시간을 따지자면 너보다 배는 빨랐을걸."

"호오! 그래요?"

풍월이 탄성을 내뱉었다.

공각도 칠성비도연환진을 상대했고 자신보다 훨씬 빨리 깨뜨렸다는 것에 제법 놀란 듯했다.

"그렇다니까. 그 합격진이 깨진 다음부터 저런 양상이다. 싸움 자체가 끝난 거지. 도망칠 수가 없어 어쩔 수 없이 버티고 있을 뿐. 쯧쯧, 불쌍한 놈들."

황천룡은 엉덩이를 잔뜩 빼고 도망치지도 그렇다고 제대로 싸우지도 못하고 있는 장백파 제자들을 가리키며 혀를 찼다.

"곧 끝날 것 같네요."

풍월이 공각의 칼이 그나마 마지막까지 제자들을 독려하던 중년인의 가슴을 베는 것을 보며 말했다.

주요 인물들이 칠성비도연환진으로 공각을 상대하다 모조리 목숨을 잃은 상황에서 홀로 남은 천목당주 석인정은 나름 최선을 다했다. 그러나 동방호의 제자 중 가장 무공이 떨어지는 그로선 압도적인 무위를 보여주는 공각을 상대로 상황을 반전시킬 방법이 없었다.

풍월의 말대로였다.

석인정이 공각의 칼에 쓰러지자 마지막까지 버티던 장백파의 제자들이 하나둘 무기를 버리기 시작했다.

아무리 싸움을 좋아하는 공각이라도 무기를 버리고 항복하는 적을 벨 정도는 아니었다.

"아미타불!"

칼을 거둔 공각은 연무장이 떠나가라 불호를 토해내며 자신의 승리를 자축했다.

고개를 절레절레 흔든 풍월이 슬그머니 몸을 돌리자 황천룡이 그의 팔을 잡았다.

"어디를 가려고?"

풍월이 턱짓으로 안쪽을 가리키며 말했다.

"이 정도 시간이 흘렀으면 벌써 끝났어야 하는데 조금 늦는 것 같아서요."

말은 그리하면서도 그렇게 걱정스러운 표정은 아니었다.

"큭!"

동방호를 향해 타구봉을 찔러갔던 구양봉이 나직한 신음과 함께 몸을 틀었다.

화살이 스쳐 간 관자놀이 근처에서 피가 튈 때 동방호의 칼이 허벅지를 훑고 지나갔다.

살이 쩍 벌어지고 뼈가 훤히 드러날 정도로 상처가 깊었다. 다급히 타구봉을 틀어 칼의 움직임을 흘려보냈기에 망정이지, 자칫하면 다리가 잘릴 뻔한 위기였다.

동방호가 손목을 빙글 돌려 칼의 방향을 급격히 바꿨다.

"제기랄!"

동방호의 반격을 피해 땅바닥을 구르는 구양봉의 입에서 절로 욕설이 튀어나왔다.

팍! 팍! 팍!

동방호의 칼과 교묘하게 섞여 날아오는 화살이 구양봉의 몸을 스치며 땅바닥에 박힐 때마다 주변 땅이 움푹움푹 파였다.

한참이나 땅바닥을 구른 다음에야 겨우 위기에서 벗어난 구양봉은 거칠어진 호흡을 바로 하기도 전에 곧바로 몸을 틀어야 했다.

동방호의 공세에선 겨우 빠져나왔지만 야율진이 날린 세 자루의 화살이 그의 움직임에 맞춰 매섭게 날아들었기 때문이다.

구양봉은 술에 취한 듯 비틀비틀 몸을 움직이며 타구봉을 미친 듯이 휘돌린 뒤에야 겨우 안전을 확보할 수 있었다.

"이번에는 성공할 수 있었다고 여겼는데 역시 대단하군."

야율진이 아쉽다는 듯 혀를 날름거렸다.

동방호의 숨통을 끊으려던 순간 끼어든 야율진으로 인해 싸움은 처음과는 전혀 다른 양상으로 흘러갔다.

오랜만에 흥미로운 상대를 만나 마음껏 승부를 즐겨보려던 야율진과는 달리 동방호는 최대한 빨리 구양봉을 잡으려 했다.

자신이 풍월도 아닌 고작 개방의 후개에게 당했다는 것을 감안했을 때 정문으로 치고 들어온 풍월이 얼마나 강할지 가늠도 되지 않았다.

북해빙궁에서 보내준 정보대로 후개보다 훨씬 강하다는 것이 사실이면 장백파의 운명이 끝장날 수도 있었다.

동방호의 마음을 이해한 야율진이 합공을 허락하고 후미로 빠졌다.

동방호가 정면에서 구양봉과 맞섰고, 야율진은 철저하게 조력자의 역할을 자처했다. 하지만 구양봉의 입장에선 이미 상대를 해서 승리를 거둔 동방호의 공격보다는 예측하기 힘든 방향, 상황에서 비수처럼 날아와 꽂히는 야율진의 화살이 훨씬 더 상대하기 까다롭고 위험했다.

전장에서 조금 떨어진 곳에 자리를 잡은 야율진은 마치 훈련을 하듯 느긋하게 시위를 당겼지만 정작 시위를 떠난 화살은 빛살처럼 빠르게 날아가 구양봉의 간담을 서늘하게 만들었다.

지금이 그랬다.

동방호의 약점을 끈질기게 파고든 구양봉이 회심의 일격을 날렸으나 빠르게 날아온 화살이 동방호를 지켜냈고, 야율진이 지켜줄 것이라 확실하게 믿고 있던 동방호의 반격으로 인해 허벅지에 큰 부상을 당하고 말았다.

구양봉의 입장에서 허벅지의 부상은 매우 좋지 않았다.

두 사람의 합공에 완전히 밀리지 않고 그나마 제대로 반응을 할 수 있었던 것은 그들에 비해 구양봉의 움직임이 훨씬 빨랐기 때문이다.

더구나 개방의 보법은 다른 여타 문파의 보법보다 훨씬 더 예측하기 힘들고 기괴한 움직임을 만들어내는 것으로 유명하다. 한데 허벅지의 깊은 부상은 그 모든 우위를 단숨에 사라지게 만들었다.

구양봉의 시선이 자신도 모르게 정문 쪽으로 향했다.

장백파의 문주를 상대하겠다고 자신만만하게 선언을 했기에 조금 민망하고 구차하기는 했지만, 지금 상황에서 기댈 곳은 동료들뿐이었다.

하지만 큰 기대는 하지 않았다.

적들을 유인하기 위해 큰 소란을 떨었고, 그 결과 대부분의 병력이 정문으로 향했기에 자신만큼이나 힘든 싸움을 하고 있을 터였다.

'우선은 버티자.'

구양봉이 타구봉을 힘주어 잡고 가슴 어귀로 당겼다.

움직임이 봉쇄된 상황에서 동방호와 야율진의 합공을 꺾는 것은 사실상 불가능하다. 그보다는 동료들이 정문으로 몰려간 장백파의 병력을 꺾고 도착하는 것이 더 가능성이 높다고 생각했다.

"포기한 것이냐?"

야율진이 약간은 실망한 얼굴로 물었지만 동방호는 구양봉의 의도를 바로 알아차렸다.

"네놈, 설마하니 동료들을 기다리는 것이냐?"

"……."

대답 없는 구양봉을 지그시 노려보는 동방호의 눈빛에서 한광이 일었다.

"우릴 너무 우습게 보는구나. 풍월이란 놈… 그래, 네놈들의 실력이 대단하다는 것은 인정하지. 하나, 본 파가 아무리 방심을 했다고는 해도 네놈의 목을 벨 수 있을 때까지 버티지 못할 정도로 약하지는 않다. 내 친히 네놈의 목을 가지고 네 동료들에게 달려갈 것이다."

동방호가 전력을 다해 쥐어짠 내력이 칼끝에 투영되고 전신에서 쏟아져 나온 살기가 구양봉을 위협했다.

무덤덤한 표정으로 일관하던 구양봉의 입꼬리가 올라간 것은 동방호의 움직임에 호응하기 위해 야율진이 시위를 당길 때였다.

동방호가 그 웃음에 의문을 떠올릴 때 야율진의 몸은 이미 번개처럼 돌고 있었다.

"어쩌지? 벌써 온 것 같은데."

구양봉이 입가에 비웃음을 흘렸다.

"닥쳐랏!"

분노 가득한 외침과 함께 동방호의 칼이 구양봉의 숨통을 끊기 위해 맹렬히 움직였다.

"부탁한다, 막내야."

나직이 중얼거린 구양봉이 동방호를 상대하기 위해 움직였다. 허벅지 상처가 여전히 부담이 되기는 했지만 야율진이 개입하지 못하는 이상 수세적인 자세를 취할 이유가 없었다.

이 정도의 상처 때문에 동방호를 꺾지 못한다면 동생들에게 면이 서질 않았다.

동방호와 구양봉이 격렬하게 부딪칠 때 야율진의 시선은 자신을 향해 천천히 걸어오는 형웅에게 향해 있었다.

형웅이 조금 전 자신의 화살을 피했던 애송이라는 것을 확인한 야율진이 차가워진 눈빛으로 물었다.

"그들은 어찌 되었느냐?"

형웅은 대답 대신 손에 들고 있는 검을 살짝 비틀어 보였다.

일반적인 검보다 길이도 짧고 검배도 매우 좁았다.

좁은 검배를 타고 붉은 피가 흘러내리는 것을 본 야율진의 표정이 딱딱히 굳어졌다.

명백한 실수다.

구성의 공력이 담긴 화살을 손쉽게 피해냈을 때부터 눈치를 챘어야 했다.

형웅의 실력을 제대로 확인하지 못하는 바람에 평생을 자신의 수족으로 지냈던 호위를 잃었다.

호시탐탐 사부의 자리를 노리는 늑대 같은 제자들 따위와는 비교도 되지 않는, 어떠한 상황에서도 믿고 등을 맡길 수 있는 그런 수하들을.

"갈가리 찢어주마!"

꽝!

한껏 당겨진 시위에서 쏘아진 세 발의 화살이 폭발적인 굉음을 내며 형웅에게 날아갔다.

시위를 떠났다고 여기는 순간 이미 코앞까지 날아든 세 발의 화살은 저마다 자유롭게 움직이며 각기 다른 요혈을 노렸다.

하지만 화살은 형응에게 도달하지 못했다.

형응이 날린 세 자루의 비도가 화살을 쳐낸 것이다. 단순히 쳐낸 정도가 아니라 비도는 기세를 잃지 않고 날아가 야율진을 노렸다.

"허!"

어이가 없다는 탄성을 내뱉은 야율진이 즉시 시위를 당겼다.

시위를 떠난 다섯 발의 화살 중 세 발이 허공에서 비도를 요격했고 나머지 두 발이 맹렬한 속도로 달려오는 형응의 미간과 심장을 노리며 날아갔다.

형응이 다시금 비도를 던져 화살을 쳐내려 했다.

화살은 마치 살아 있는 생명처럼 꿈틀거리며 그가 던진 비도를 피해내고 집요하게 달려들었다.

형응이 좌우로 몸을 틀며 화살을 떨쳐내려 하였으나 야율진의 기로 인해 움직이는 화살은 형응을 놓치지 않았다.

두 발의 화살이 형응의 미간과 가슴을 관통했다.

천하의 그 누구라도 미간과 가슴을 화살에 관통당하면 즉사를 면키 어렵다. 한데 야율진은 승리에 기뻐하지 않았다. 오히려 한층 더 심각한 얼굴로 시위를 당겼다.

분명 화살은 형응의 몸을 관통했다.

눈으로도 확인을 했고, 화살을 움직였던 기감에도 분명 전해졌다. 그러나 본능이 경고하고 있었다.

화살에 관통당한 형응의 신형이 쓰러지는 것이 아니라 잔상을 남기며 사라지는 것을 확인한 야율진은 자신의 판단이 틀리지 않음을 확신하고 전신의 감각을 극대화시켜 형응을 쫓았다.

'왼쪽!'

눈에 보이지는 않았다. 하나 잘 벼려진 칼날보다 수십, 수백 배나 날카롭게 곤두선 감각이 좌측에서 엄청난 속도로 접근하는 형응의 존재를 알려왔다.

팡!

대기를 찢어발기는 듯한 파공성과 함께 강기로 만들어낸 투명한 화살이 좌측으로 쏘아졌다.

야율진을 초원의 패자로 만들어준 무시탄궁(無矢彈弓).

한 발 쏠 때마다 워낙 막대한 내력이 소모가 되어 야율진도 어지간하면 사용하지 않는다는 극강의 궁술이다.

'오른쪽!'

강기로 만들어낸 화살이 정반대로 날아갔다.

최대한 빨리 반응을 했음에도 형응은 이미 그 자리에서 사라지고 없었다.

형응을 놓치고 허무하게 허공을 가른 화살이 십여 장 뒤에 있던 건물을 직격했다.

쿠쿠쿠쿵!

건물이 요란한 소리와 함께 그대로 무너져 내렸다.

한 자 남짓에 불과하지만 강기로 만들어진 화살이 어떤 파괴력을 지녔는지 보여주는 것이었다.

퉁. 퉁.

야율진이 연이어 시위를 당겼다.

시위를 당길 때마다 관자놀이의 심줄이 툭툭 불거져 나왔으며 안색은 창백해져 갔다.

형웅의 움직임을 포착하여 몇 번이나 화살을 날렸음에도 제대로 성공을 하지 못했다.

확실하게 잡았다고 여긴 적이 몇 번이나 있었으나 그때마다 형웅은 이형환위의 극을 보여주며 야율진을 농락했다.

그러는 사이 십여 장 정도 떨어졌던 야율진과 형웅의 사이가 삼 장여로 상당히 좁혀졌다.

그들과 같은 고수에게 십 장 정도의 거리는 한두 번의 도약으로 도달할 수 있는 거리였다. 하나, 형웅이 칠 장 정도의 거리를 좁히기 위해 좌우로 움직인 횟수가 여섯 번이었고, 야율진이 무시탄궁의 절기로 형웅에게 날린 화살의 숫자만 무려 열여덟 발이었다.

살황마존이 남긴 몽환비(夢幻飛)로 야율진의 공격을 피해내고 삼 장 가까이 접근하는 데 성공한 형웅의 눈빛에선 사냥감의 목덜미를 물어뜯기 직전의 맹수가 뿜어내는 살기가 일렁였다.

목표물 앞에서 이토록 짙은 살기를 뿜어낸다는 것은 살수로서는 낙제점이나 다름없다.

매혼루의 루주로서 형웅 또한 자신의 살기를 완벽하게 지울 수 있도록 훈련을 받았다. 하지만 살황마존의 살예를 익힌 후부터는 굳이 살기를 지우지 않았다.

고금제일의 살수라는 살황마존은 자신만의 살예를 완성한 이후엔 단 한 번의 예외를 제외하곤 암습을 하지 않았다. 당당하게 자신을 드러내고 실력으로 상대의 목숨을 빼앗았다. 단 한 번의 예외는 천마조사를 상대로 할 때였고, 그나마도 실패를 했다.

그런 살황마존의 무공을 이어받았기 때문인지 형웅 역시 자연스레 그와 같은 길을 걷고 있었다.

확실하게 거리를 좁혔다고 여긴 형웅이 몽환비를 극성으로 펼쳤다.

무시탄궁을 사용하느라 힘든 기색이 역력한 야율진의 눈동자가 급격히 흔들렸다.

형웅의 움직임이 지금까지와는 비교가 되지 않을 정도로 빨라졌다. 전에도 빨라지만 지금은 눈으로 쫓기가 아예 불가능할 정도였다.

왼쪽에 있는가 싶으면 어느새 오른쪽으로 돌아갔고 오른쪽에 있는가 싶으면 이미 왼쪽에서 방향을 틀고 있었다.

움직일 때마다 남겨진 잔상이 중첩되며 수도 없이 많은 형웅이 만들어졌다.

놀라운 것은 그런 잔상들 모두가 다른 표정, 다른 동작을 하며 야율진의 눈을 어지럽힌다는 것이었다.

"으아아아!"

위기를 느낀 야율진이 괴성을 지르며 미친 듯이 시위를 튕겼다.

실핏줄이 터져 나간 두 눈은 붉게 충혈되고 코와 입에서도 피가 흘러내렸다. 시위를 튕길 때마다 이미 너덜너덜해진 손가락에서 피와 살점이 튀었다.

야율진이 전력을 다해 만들어낸 강기의 화살이 그 많던 잔상들을 휩쓸고 나아가 주변의 모든 것들을 잿더미로 만들어 버렸다. 하지만 사라진 잔상보다 더 많은 잔상들이 순식간에 만들어졌고 그 거리 또한 급격하게 가까워졌다.

잔상들이 휘두르는 수많은 검이 코앞까지 짓쳐들었을 때 마침내 형웅을 제대로 포착해 낸 야율진이 최후의 화살을 날렸다.

전에 없이 강력한 화살이 형웅에게 날아갔다.

이후는 없다. 한 줌의 진기까지 남기 없이 쏟아부었기에 궁을 들고 있을 기운도 남아 있지 않았다.

화살이 뿜어내는 가공할 압력에 가까이 접근했던 잔상들이 힘없이 소멸했다. 오직 화살이 노린 잔상을 제외하고는.

'잡았다.'

목숨을 건 일격이 확실하게 형응을 잡아냈음을 확인한 야율진의 눈동자에 희열이 일었다.

그때였다.

번쩍!

한줄기 섬광이 눈앞을 스쳤다.

번개가 친 것 같았다.

그 번개가 자신이 날린 화살을 반으로 갈랐다. 동시에 흔적도 없이 사라져야 할 형응이 어느새 자신과 정면으로 마주하고 있었다.

손가락 하나 움직일 수가 없었다.

말을 하려 해봤지만 입이 벌어지지 않았다.

자신을 지나쳐 가는 형응을 향해 고개를 돌리려고 했으나 그 또한 움직이지 않았다.

모든 것을 이해할 수 없을 때 갑작스레 어둠이 찾아왔다.

우두커니 선 야율진의 목덜미에서 가느다란 혈선이 보였다.

선을 따라 핏방울이 맺히는가 싶더니 이내 몸과 분리가 되기 시작했다.

쿵!

야율진의 몸이 힘없이 무너져 내렸다.

쓰러진 그의 몸뚱이 앞으로 잘린 목이 굴렀다.

가공할 속도의 움직임과 쾌검으로 초원의 패자 야율진의 숨통을 끊어버린 형웅이 거친 숨을 내쉬었다.

야율진을 쓰러뜨렸을 때의 쾌감이 좀처럼 사라지지 않는지 낯빛은 잔뜩 상기되었고 전신에서 계속해서 잔떨림이 일었다.

짝짝짝!

박수 소리에 놀란 형웅이 고개를 홱 돌렸다.

전장에서 조금 떨어진 곳, 언제 도착한 것인지 풍월과 유연청, 황천룡이 그를 지켜보고 있었다.

풍월은 살황마존의 살예를 제대로 자신의 것으로 만들고 있는 형웅을 흐뭇한 얼굴로 바라보았고, 유연청과 황천룡은 형웅이 마지막에 보여준 움직임에 넋이 빠진 얼굴이었다.

"멋졌다."

풍월이 형웅을 향해 엄지손가락을 치켜올렸다.

"고맙습니다."

형웅이 살짝 미소를 띠며 고개를 숙였다.

미친 듯이 뛰던 가슴이 풍월의 얼굴을 보자마자 진정되기 시작했다.

"와! 언제 이렇게 실력이 늘었어. 특히 마지막엔 대체 뭐냐?"

황천룡은 야율진의 공격을 뚫고 그의 목을 벤 마지막 일격을 떠올리며 호들갑을 떨었다.

형웅이 보여준 대담한 움직임과 상상도 할 수 없는 쾌검은 뭐라 말로 표현할 수가 없었다.

형웅은 별다른 대답 없이 엷은 웃음만 흘렸다.

"상처가 많아. 괜찮아?"

유연청이 형웅의 몸 곳곳에서 배어 나오는 피를 걱정스레 바라보았다.

"괜찮아요. 큰 부상은 아닙니다."

형웅이 대수롭지 않다는 듯 말했다.

거의 모든 부상이 무시탄궁을 피하는 과정에서 생긴 것으로 겉으로 보이는 것보다는 상처가 깊지 않았다.

"저기도 끝났네."

구양봉과 동방호의 싸움을 지켜보던 풍월이 말했다.

모두의 시선이 풍월을 따라 움직였다.

그들 눈에 타구봉으로 동방호의 머리를 후려치는 구양봉의 모습이 들어왔다.

"어이구, 무식하기는."

타구봉에 맞은 동방호의 머리가 박 깨지듯 터져 나가는 것을 보며 황천룡이 인상을 찌푸렸다.

"그만큼 원한이 깊으니까요."

장백파에 대한 구양봉의 원한을 잘 알고 있던 풍월이 쓴웃음을 지었다.

동방호를 쓰러뜨린 후, 잠시 그의 시신을 바라보던 구양봉이 타구봉에 의지해 절뚝거리며 걸어왔다.

"다들 모여… 땡중은 어디에 있는 거야?"

피와 땀으로 목욕을 한 채 환히 웃던 구양봉이 공각이 보이지 않자 말끝을 흐렸다.

주변을 두리번거리며 공각을 찾던 구양봉이 흠칫한 표정을 지었다.

"설마……."

"그럴 일은 없고. 살아남은 자들은 모조리 항복을 했어. 다만 혼자만의 세계에 빠져 있는 것 같아서."

풍월이 손을 내저었다.

"흐흐흐. 대충 알 것 같다."

이미 몇 차례 싸움을 통해 공각의 독특한 행동을 지켜봤던 구양봉이 괴소를 흘리며 고개를 끄덕였다.

"웃지 말고 지혈이나 해. 그렇게 자신만만하더니만 이게 뭐야."

풍월이 핏물이 뚝뚝 떨어지는 구양봉의 허벅지를 보며 혀를 찼다. 형웅과는 달리 구양봉의 부상은 한눈에 봐도 심각했다.

"걱정하지 마라. 이 정도론 안 죽는다."

빠른 손놀림으로 지혈을 한 구양봉이 형응의 어깨를 감싸 안으며 말을 이었다.

"그래도 막내가 제때에 도착하지 않았으면 죽을 뻔했다. 일대일은 문제가 아니었는데 솔직히 두 영감의 합공은 감당하지 못하겠더라. 가까이서 치고받는 것도 아니고 멀리서 화살만 날려대는데 답이 안 나오더라고."

웃으며 말은 하지만 당시 급박했던 상황을 떠올리자 등골이 서늘해졌다.

"그런데 저 영감은 뭐야? 장백파에 저런 늙은이가 있다는 말은 없었잖아."

구양봉이 형응에게 쓰러진 야율진을 가리키며 물었다.

"장백파는 아닌 것 같아. 내가 처음에 박살 낸 놈들이 있는데 복장이며 뭐며 장백파의 제자들과는 확실히 달랐으니까. 아마 그놈들을 데리고 온 우두머리 같네."

"북해빙궁에서 온 늙은이일까?"

"글쎄, 그거야 모르지."

풍월이 고개를 저었다.

"솔직히 장백파의 문주보다 더 강한 것 같더라. 직접 부딪친 것도 아니고 그자가 날린 화살을 피하느라 개고생을 한 입장에서 정확히 말을 할 수는 없지만."

구양봉의 말에 풍월이 턱짓으로 형응을 가리키며 웃었다.

"그런 자를 일격에 날려 보냈단 말이지. 우리 막내가."

"일… 격에?"

동방호와 싸우느라 형응이 어떻게 야율진을 쓰러뜨렸는지 보지 못한 구양봉이 눈을 휘둥그레 뜨며 물었다.

"설마요. 저도 죽을 뻔……."

형응이 두 손을 내저을 때 황천룡이 형응의 말을 바로 자르고 나섰다.

"말로 해선 몰라. 정말 기가 막혔다. 저 영감이 화살도 없이 강기를 미친 듯이 쏘는데 동에 번쩍 서에 번쩍하며 모조리 피하더니만, 마지막엔 번쩍!"

구양봉의 시선이 허공에서 현란한 움직임을 보여주는 황천룡의 손을 따라 움직였다.

"그리고 저렇게 되었지."

황천룡은 자신의 목을 손가락으로 긋는 것으로 설명을 끝냈다.

"정… 말이냐?"

구양봉이 믿기지 않는다는 얼굴로 물었다.

"대충은요. 그래도 정말 보통 실력을 지닌 고수가 아니었어요. 장백파의 문주는 모르겠지만 봉황문주보다 훨씬 강하더라고요."

"누군지 궁금하냐?"

느닷없이 들려온 음성에 다들 놀라 고개를 돌렸다.

공각이 피로 물든 가사를 어깨에 걸친 채 걸어왔다. 그 뒤를 모순이 뒤따르고 있었는데 표정이 무척이나 좋지 않았다.

어깨를 축 늘어뜨리고 잔뜩 눈치를 보는 것이 마치 큰 잘못을 저지른 사람 같았다.

그 이유를 짐작하고 고소를 지은 구양봉이 그를 향해 손짓했다.

"부단주."

"예, 후개님."

모순이 얼른 달려와 허리를 굽혔다.

"부단주가 우리에게 할 말이 있을 것 같네요."

"그, 그렇습니다."

"저 영감, 누굽니까?"

구양봉이 야율진의 시신을 가리키며 물었다.

모순의 시선이 구양봉이 가리키는 시신에게 향했다. 정확히는 몸뚱이와 분리된 머리로.

모순의 눈동자가 급격히 커졌다.

"나, 낭왕 야율진이라는 자입니다."

"낭왕?"

"예, 초원의 패자라고 할 수 있는 천랑단의 단주입니다."

"그런 자가 여기에 왜 있는 거야?"

구양봉이 인상을 쓰며 물었다.

"천랑단 역시 북해빙궁의 영향력 아래에 있습니다. 또한 장백파의 문주 동방호와는 젊은 시절부터 인연이 있는 자입니다. 아마도 장백파가 위험하다는 소식을 접하고 달려온 것 같습니다. 죄송합니다, 후개. 싸움이 시작된 후에야 낭왕과 수십의 수하들이 장백파에 합류했다는 연락을 받았습니다."

모순이 무릎을 꿇고 머리를 숙였다.

호선과 호광의 정보가 늦었다고는 해도 어쨌건 장백파의 전력을 제대로 파악하지 못한 것은 분명한 그의 실수이기 때문이었다.

"일어나요. 놈들이 합류를 했건 하지 않았건 변하는 건 없었을 테니까. 이미 결과로 드러나기도 했고."

구양봉이 가볍게 손짓하자 납작 엎드렸던 모순의 몸이 저절로 세워졌다.

"몰골이 말이 아니다, 땡중."

구양봉이 피에 절은 공각을 보며 피식 웃었다.

"네가 할 말은 아닌 것 같다. 고작 저런 늙은이들을 상대하면서 꼴이 영……."

공각이 혀를 차자 구양봉이 타구봉을 슬며시 휘두르며 말했다.

"사정도 모르면서. 아무튼 항복한 자들이 제법 된다고 한 것 같은데 정리는 다 된 거지?"

"확실하게."

공각이 손가락을 흔들며 웃었다.

구양봉은 공각이 일지선공으로 항복을 한 자들의 단전을 부쉈다는 것을 직감할 수 있었다.

다만 공각의 말뜻을 제대로 헤아리지 못한 황천룡이 깜짝 놀라 물었다.

"설마 모조리 죽였단 말이야?"

"소승이 아무리 지옥에 가는 것을 두려워하지 않는다고 해도 살생을 즐기지는 않습니다. 그저 앞으로는 악행을 하지 못하도록 조금 손을 봐줬을 뿐입니다. 불가의 사람으로 그 정도의 자비는 지니고 있어야지요. 아미타불!"

공각이 그럴 듯한 표정을 지으며 불호를 내뱉자 황천룡이 인상을 확 구겼다. 그러고는 진절머리가 난다는 얼굴로 소리쳤다.

"어후! 나름 열심히 절을 다닌 신자로서 이렇게 불호가 듣기 싫은 건 처음이다. 이것도 재주라면 재주야."

제77장

기다림의 미학(美學)

"지금 뭐라 했느냐? 장백파마저 당했다고?"

북리천이 믿을 수 없다는 표정으로 물었다.

눈빛은 크게 흔들렸고 입은 경악으로 쩍 벌어졌다. 들고 있던 술잔은 이미 먼지가 되어 사라졌다.

중원무림 공략을 시작한 이후 수많은 승리를 거뒀지만 그 와중에 자잘한 패배는 물론이고 뼈아플 정도의 큰 패배도 있었다. 하나 어떤 상황에서도 북리천은 여유로움을 잃지 않았다. 지금처럼 당황하는 모습은 단 한 번도 보여준 적이 없었다.

그만큼 장백파의 몰락은 충격적이었다.

북해빙궁의 오른팔이자 북해무림에서 세 손가락 안에 드는 막강한 문파가 단 몇 명의 공격으로 인해 박살이 난 것이다.

"놈들이 강하다는 것은 노부도 안다. 하지만 장백파가 무너지다니 도대체 어떻게 이런 일이 벌어질 수 있단 말이냐?"

북해십천의 수좌 북리강이 지끈지끈 아파오는 이마를 꾸욱 누르며 물었다.

"일전에 말씀드렸다시피 전력의 공백이 너무 컸습니다. 장백파가 보유한 전력의 육 할 이상이 이번 원정에 참여했으니까요."

북리건이 한숨을 내쉬며 말했다.

"하지만 문주가 남았다."

"비록 문주를 비롯하여 그간 장백파를 빛냈던 노영웅들이 남았다고는 하나 사실 그들뿐입니다. 장백파의 진정한 정예들은 모조리 이번 원정에 참여했습니다. 동방결은 이미 아비를 능가하는 실력을 지닌 것으로 판명되었고, 그의 사형제들은 물론이고 수행하는 장로들 역시 장백칠웅 이상의 실력을 지녔습니다. 그들이 장백파에 남아 있었다면 상황은 조금 달라졌을 것입니다."

"글쎄, 그 또한 확언할 수는 없다고 본다."

모두의 시선이 말석에 앉은 북리연후에게 향했다.

"장백파의 전력이 약화된 것을 걱정하여 낭왕까지 보냈다. 낭왕의 실력은 동방호를 능가한다. 게다가 낭왕 혼자 가지는 않았을 터. 이곳에 있는 장백파의 전력에 비할 바는 아니나 상당한 힘이 되었을 텐데도 그토록 속수무책으로 당했다는 것은 놈들의 힘이 우리가 상상한 것보다 훨씬 더 강하다는 것을 의미한다."

북리연후의 말에 북리건이 허탈한 표정으로 고개를 숙였다.

"이 모든 것이 제 불찰입니다. 봉황문을 무너뜨리고 연이어 몇 개의 문파가 놈들의 손에 박살이 났음에도 놈들의 실력을 제대로 간파하지 못했습니다. 제게 벌을 내려주십시오."

북리건이 죄를 청했지만 북리천은 물론이고 화연당에 모인 그 누구도 북리건에게 죄를 물어야 한다는 말을 하지 못했다.

당연했다. 북리건은 풍월과 그 일당들의 실력을 누구보다 경계했던 인물이다. 그들의 움직임을 제어하기 위해 지원군을 움직여야 한다는 의견을 피력했고 관철까지 시켰다. 낭왕이 움직인 것 또한 그의 의견이 강하게 반영된 결과였다.

"당치도 않다. 네가 벌을 받아야 한다면 이 사부는 물론이고 벌을 받지 않아야 할 사람은 아무도 없을 게다."

북리근이 강한 어조로 북리건을 두둔했다. 제자의 어깨를 가만히 다독이는 그의 얼굴엔 미안함이 가득했다. 그 또한 풍월 등의 실력을 인정하고는 있었으나 그래도 북리건이 너무 과대평가하는 것은 아닌가 의심했기 때문이다.

"그렇지. 지금은 누구의 잘못을 따지기보다는 상황을 수습하는 것이 우선이라고 보네."

삼좌 골찬이 탁자를 가만히 두드리며 말을 이었다.

"장백파에선 이미 복수를 천명하며 회군할 준비를 하고 있고, 다른 이들 역시 혹여 놈들이 자신들의 문파를 공격할까 크게 걱정하는 눈치라고 합니다. 이 상황을 이대로 방치하면 큰 문제가 될 것입니다, 궁주님."

"장백파가? 허허! 그 심정을 이해하지 못하는 바는 아니나 대업이 코앞인데 어찌 회군을 입에 담는다는 말인가."

북리강이 노기를 드러냈다.

"그렇다고는 하나 솔직히 회군하는 장백파를 막을 명분은 없습니다. 당장 식솔들이 몰살을 당했는데 참고 있으라는 것도 말이 되지 않지요. 다만 문제는 장백파가 회군을 했을 때 다른 문파들의 동요를 감당할 수 있느냐는 것입니다."

골찬의 말을 묵묵히 듣던 북리천이 북리건에게 고개를 돌렸다.

"추격대는 어디쯤에 있다더냐?"

"그간의 움직임을 감안했을 때 내일 정도면 장백파에 도착할 수 있을 것 같습니다."

"후! 네 말을 듣고 처음부터 서둘렀다면 늦지 않았을 수도 있었을 텐데 말이다."

북리천이 한숨을 내쉬었다.

풍월 일행의 일차적인 목표가 장백파라는 것을 직감한 북리건은 그들의 움직임을 제지할 수 있는 지원군을 보내자고 주장했으나 동방호의 실력을 절대적으로 믿고 있던 북리편 등의 강한 반대로 번번이 무산됐다.

갑론을박이 계속되던 중 풍월이 장백파로 향했다는 것을 뒤늦게 알게 된 북리연이 길길이 날뛴 결과, 그녀를 필두로 십천 중 두 명이 합류하고 궁주 직속의 최정예 오십으로 이뤄진 추격대가 구성되었다.

하지만 추격대가 아무리 빨리 움직여도 거리상 너무 차이가 많이 났다. 만약 추격대의 구성이 조금만 빨리 이뤄지고 낭왕에 이어 그들마저 장백파에 미리 합류를 했다면 장백파의 비극은 없었을지도 모른다. 아니, 없으리라 확신할 수 있었다.

"면목 없습니다, 궁주. 모든 것이 이 늙은이의 불찰입니다."

자리에서 벌떡 일어난 북리편이 북리천에게 머리를 숙이며 말을 이었다.

"이 늙은이의 불찰로 시작된 일, 제가 수습하겠습니다."

"어떻게 수습을 하겠다는 말입니까?"

북리천이 약간은 짜증 나는 음성으로 물었다.

"지금 당장 놈들을 쫓아 목을 베어 오겠습니다."

북리편은 금방이라도 화연당을 뛰쳐나갈 듯한 자세로 말했다.

"쯧쯧, 장백파가 하루 이틀 거립니까? 육좌께서 장백파에 도착할 때쯤이면 놈들은 이미 본궁에 도착해 있을 겁니다."

"아!"

그제야 자신들이 점령하고 있는 산도유가와 장백파와의 거리가 얼마나 멀리 떨어져 있는지를 떠올린 북리편이 머쓱한 표정으로 슬그머니 자리에 앉았다.

화연당에 모인 이들의 따가운 눈길이 북리편에게 쏟아질 때 북리천이 북리건을 향해 말했다.

"우선 급한 것은 장백파다. 심정을 모르는 바는 아니나 지금 말했듯 거리상 난점이 있으니, 설사 회군한다고 해도 당장 복수를 할 가능성은 전무하니 이 점을 들어 그들을 달래도록 해라. 십좌께서 도와주시지요."

"그리하겠습니다. 풍월이란 자는 둘째 치고 혈나한의 소림과 후개의 개방이 코앞에 있습니다. 복수의 대상이 결코 먼 곳에 있는 것은 아니니 충분히 설득할 수 있을 것입니다."

북리근의 말에 다들 좋은 생각이라며 지지를 보냈다.

"이 늙은이가 소림을 짓밟아 버리겠습니다."

북리편이 또다시 흥분하여 나섰다. 다들 못마땅한 표정을 지었지만 북리천은 오히려 옅은 미소를 지었다. 어찌 보면 무식하다고 할 수 있는 단순함이야말로 북리편이 북해빙궁에서도 손꼽히는 고수가 될 수 있었던 원동력이기 때문이다.

"그렇게 하시지요. 선봉은 육좌께 맡기도록 하겠습니다."

"감사합니다, 궁주."

북리편이 환한 얼굴로 고개를 숙이더니 얼른 물었다.

"한데 공격은 언제 시작하면 되겠습니까? 장백파를 설득하기 위해서 오늘이라도 당장 하는 것이……."

북리건이 참지 못하고 끼어들었다.

"소림을 공격하는 건으로 개천회에서 연락이 온 것이 있습니다."

"개천회에서? 뭐라더냐?"

북리천이 흥미로운 얼굴로 물었다.

"조만간 큰 기회가 있을 터이니 때를 놓치지 않고 공격을 한다면 쉽게 소림을 무너뜨릴 수 있다고 하였습니다."

"큰 기회라. 그때가 언제라는 말은 없었고?"

"예, 정확히는 어느 때라는 말은 없었습니다. 그 역시 때가 되면 알려준다 하였습니다."

"훗, 재미있는 제안이구나. 뭔가 그럴듯한 계획이라도 있는 모양이야."

그다지 대수롭지 않게 생각하는 북리천과는 달리 화연당에 모인 이들은 마치 큰 모욕이라도 당한 듯 얼굴이 벌게진 채 씩씩거렸다.

"하! 때가 되면 알려준다?"

"개천회 놈들이 미친 건가? 감히 누구 보고 이래라저래라 한단 말이냐!"

"본궁이 제 놈들의 수족인 줄 아는 모양이구나."

불같은 반응을 확인한 북리건은 직접 말씀을 드리겠다는 연횡의 부탁을 거절한 것이 얼마나 올바른 판단이었는지 새삼 깨달을 수 있었다. 연횡이 직접 제안을 했다면 아마도 목숨이 위험했을 터였다.

*　　　　*　　　　*

"크하하하하! 어리석은 놈들! 그렇게 경고를 했건만."

사마용의 웃음에 연화정의 지붕이 들썩거렸다.

천장에서 먼지와 함께 모래가 떨어져 내리자 위지허가 질색하는 표정으로 찻잔을 집어 들었다.

"적당히 하게. 이러다 무너지겠어."

위지허가 웃음을 멈추지 못하는 사마용에게 핀잔을 주었다. 그제야 겨우 웃음을 멈춘 사마용이 찻잔 대신 술잔을 들더니 단숨에 비웠다.

"좋구나! 오랜만에 들은 희소식이라 그런지 속이 뻥 뚫리는 느낌이다."

사마용은 기분이 좋아서 내뱉는 말이었으나 듣는 이들은 그럴 수가 없었다. 특히 군사 사마조의 낯빛은 민망함으로 가득했다.

"아무튼 상상도 하지 못한 일이 벌어졌어. 봉황문을 봉문시킬 때까지만 해도 혹시나 했는데 설마하니 장백파를 박살 낼 줄이야. 게다가 낭왕까지."

젊은 시절 야율진과 한 차례 겨뤄본 적이 있던 위지허는 그가 장백파를 돕기 위해 나섰다가 목숨을 잃었다는 말을 듣고 몇 번이나 확인을 할 정도로 놀랐다.

"소림사 공략을 목전에 둔 북해빙궁으로선 이번 사태는 참으로 뼈아픈 일입니다. 문제는, 끝난 것이 아니라 여전히 진행형이라는 것이지요."

위지허가 사마조의 말이 끝나기도 전에 물었다.

"해서, 네가 생각했을 때 놈들의 최종 목표는 대체 뭐라고 보느냐?"

잠시 생각하던 사마조가 고개를 저었다.

"솔직히 모르겠습니다. 놈들이 장성을 넘어 봉황문을 봉문시켰다는 말을 들었을 때는 그저 후방을 교란시키기 위함이라 여겼으니까요."

"하긴 노부도 그랬다. 다른 생각을 하기엔 인원이 너무 적었어. 허허! 고작 열 명 남짓이라니."

위지허가 지금 생각해도 어이가 없다는 듯 너털웃음을 터뜨렸다.

"그리고 놈들이 몇몇 문파를 더 쓰러뜨리고 북해빙궁에서 그들을 제지하기 위해 고수들을 움직였다는 말을 들었을 때까지만 해도 후방을 교란시키겠다는 놈들의 의도가 제대로 먹혔다고 생각했습니다. 물론 이동 경로를 통해 놈들이 장백파로 향하고 있다는 것은 알았지만 설마하니 장백파를 도모할 것이라고는……."

잠시 말을 잇지 못하던 사마조가 장탄식과 함께 다시금 입을 열었다.

"장백파까지 박살 낸 지금은 더욱 예측하기 힘들어졌습니다. 이대로 만족하고 중원으로 되돌아올는지, 아니면 그 이상을 노릴지."

"그 이상이라면 설마 그곳을 말함이냐?"

위지허가 자신도 모르게 긴장한 얼굴로 물었다.

"예, 희박하기는 해도 가능성은 있습니다."

사마조는 다소 회의적으로 말을 했지만 사마용은 달랐다.

"노린다고 본다."

사마용의 단언에 위지허와 사마조가 놀란 얼굴로 그를 바라보았다.

"지금까지 놈의 행동을 감안해 보면 꽤나 대담하고 거침이 없어. 또한 누구도 예상할 수 없는 짓을 곧잘 저질렀지. 천마도를 세상에 공개할 것이라 상상이나 했더냐?"

사마조는 사마용의 물음에 아무런 대답도 할 수가 없었다.

"놈은 분명히 노릴 것이다. 다른 곳도 아닌 북해빙궁을."

화연당에 잠깐의 침묵이 찾아왔다.

사마용이 잔뜩 굳은 위지허와 사마조의 얼굴을 보며 껄껄 웃었다.

"뭘 그리 심각하게 고민을 해. 공격을 해도 좋고 하지 않아도 좋은 상황이지 않느냐? 풍월과 북해빙궁은 이미 돌이킬 수 없는 강을 건넜다. 누구 하나가 끝장이 날 때까지 싸우고 또 싸울 게다. 풍월뿐이더냐. 개방을 등에 업은 후개도 그렇고 소림의 혈나한도 마찬가지다. 서로의 상처를 후벼 파고 갉아 먹으며 끝까지 싸우겠지. 우리 입장에서야 이보다 좋은 상황은 없을 터. 양측이 공멸한다면야 최상이겠으나 어느 쪽이 승리를 거둔다고 해도 문제될 것은 없다. 너덜너덜해진 상대도 제압하지 못한다면 애당초 대업은 꿈도 꾸지 말아야 하는 것일 테니."

일장 연설을 한 사마용이 목이 마른지 술잔을 집었다. 사마조가 얼른 술을 따르며 말했다.

"하면 소림사의 일은 조금 미루는 것이 어떨까요?"

"미뤄? 어째서?"

사마용이 단숨에 술을 들이켜며 물었다.

"계획대로라면 소림사는 북해빙궁에 치명타를 당할 수가 있습니다. 차라리 끝없는 소모전을 통해 양측의 피해를 늘리는 것을 기다리는 것이 나을 수도 있다는 생각입니다."

"쓸데없는 생각을 하고 있구나."

"예?"

"어째서 소림사만 당한다고 생각하느냐?"

"그, 그게 계획대로라면 당연히 소림이……."

당황한 사마조가 말끝을 흐렸다.

"소림사가, 정무련이 북해빙궁이 공격을 할 것을 미리 알고 있다면?"

사마용이 의미심장한 얼굴로 묻자 사마조가 눈을 휘둥그레 떴다.

"알려주지 않을 생각이었더냐? 다른 곳은 몰라도 그들에겐 서로에게 치명상을 안길 정보를 줘야 하지 않겠느냐? 양패구상을 이끌기 위해서라도 말이다."

"아!"

사마용의 말을 제대로 이해한 사마조가 탄성을 내뱉었다.

"쯧쯧, 그저 소림과 정무련의 몰락만 생각하고 있었구나."

"면목 없습니다."

사마조가 면목 없는 표정으로 고개를 숙였다.

"지금은 같은 곳을 보고 있지만, 북해빙궁 또한 우리가 처리해야 할 쓰레기에 불과하다는 것을 항상 기억해야 할 것이야."

"명심하겠습니다."

다시금 머리를 숙이는 사마조를 보며 부드럽게 미소 짓던 사마용이 그에게 술잔을 건네며 물었다.

"그래서, 준비는 제대로 되고 있는 것이냐?"

* * *

"지, 지금 뭐라고 한 거지?"

제갈륭이 경악으로 가득 찬 얼굴로 물었다.

"들었으면서 모른 척하기는."

피식 웃은 사내가 제갈륭의 발 아래에 검은색 주머니 세 개를 던졌다.

"제갈세가에서 사용하는 우물 세 개. 오늘 밤, 그곳에 주머니에 든 가루를 풀기만 하면 된다. 어때, 쉽지?"

"대체 무슨 짓을 하려는 거냐? 못 한다. 절대 못 해!"

제갈륭이 공포에 질린 얼굴로 덜덜 떨었다. 한데 단순히 공포로 인해 떠는 것 같지는 않았다.

비정상적으로 흔들리는 눈동자, 살짝 벌어진 입에선 침이 흘러내리고 퀭한 두 눈에서 총기를 잃은 눈동자가 자리만 차지하고 있을 뿐이다.

'극락분의 약효가 실로 놀랍군. 십장로께서 몇 가지 성분을 더 추가했다고 하더니만 이건 뭐 예전의 극락분과는 아예 비교가 되질 않네.'

사내는 약을 끊은 지 고작 이틀밖에 되지 않았음에도 전과는 전혀 다른 사람처럼 변해 버린 제갈릉을 보며 독괴 추망우의 실력에 혀를 내둘렀다.

침옥에서 포로들을 굴복시키기 위해 사용했던 처음의 극락분도 참으로 지독한 약이었다. 인간의 정신을 완벽하게 타락시키고 그저 원초적인 본능과 욕구에만 충실하도록 만들었다. 치료 방법은 약을 끊고 버티는 것뿐이나 지옥과도 같은 금단현상을 버텨내야 했다.

하지만 그런 극락분도 단 이틀 만에 사람을 이 지경까지 만들 정도는 아니다.

'대체 어떤 성분을 첨가했기에…….'

사내는 추망우의 실력에 다시금 두려움을 느끼다 품에서 작은 주머니 하나를 꺼내 들었다.

"이게 뭔지는 알지?"

사내가 주머니를 제갈룡의 면전에서 흔들어댔다.

대답도 할 것 없이 손부터 뻗어왔다.

금방이라도 쓰러질 것 같은 모습과는 달리 제갈룡의 움직임은 먹이를 노리는 맹수처럼 재빨랐다.

"에헤이! 이건 아니지."

슬쩍 몸을 빼서 제갈룡의 탈취 시도를 무위로 돌린 사내가 재차 달려드는 제갈룡을 걷어찼다.

"그냥 처박혀 있어. 다시 움직이면 아예 구경도 하지 못할 테니까."

사내의 경고에 재차 달려들려던 제갈룡이 움찔하여 주저앉았다.

"옳지. 이제야 제대로 말귀를 알아듣네. 이게 참 좋은 거야. 그렇지?"

낄낄거린 사내가 제갈룡을 향해 주머니를 흔들어댔다.

제갈룡의 눈동자가 주머니의 움직임을 따라 좌우로 움직였다.

'굳이 고독까지 움직일 필요는 없겠군.'

눈동자가 뒤집어질 정도로 주머니를 탐하는 제갈룡을 보며 사내는 그가 자신의 제안을 결코 거부하지 못할 것임을 직감했다.

이제 확실하게 결심을 할 수 있도록 제갈룡을 달랠 때였다.

정확히는 제갈세가를 배신해야 한다는 양심의 가책을 살짝 덜어주는 것이다.

"네가 걱정하는 것이 뭔지 안다. 하지만 걱정하지 마라. 무의미한 살생을 원하지 않아서 약을 풀려는 것이다."

"거, 거짓말!"

제갈룡이 필사적으로 고개를 흔들며 소리쳤다. 애써 주머니에서 눈을 떼려 했다.

"확인해 보면 알겠지만 우물에 풀라고 준 약은 독이 아니다. 그저 공력의 움직임을 일시적으로 흩뜨릴 수 있는 산공분이야. 머리 굴리지 말고 상식적으로 생각해라. 제갈세가의 식솔들을 해할 생각이었다면 산공분이 아니라 독을 풀면 그만이다. 산공분을 푼 이유는 단 하나, 가급적이면 피를 보지 않고 제갈세가를 굴복… 험, 제대로 봉문을 시키기 위함이다."

사내가 아차 싶은 표정으로 얼른 말을 바꿨다.

"봉… 문? 이미 본 가는 봉문 중이다."

어느새 주머니에 시선을 고정시키고 있던 제갈룡이 일그러진 표정으로 말했다.

"겉으로야 그렇지. 하지만 암중으로 움직이고 있다는 것은 세상이 다 아는 사실이야. 우리도 알고 있다. 해서 이번 일은 그걸 막고자 함이다."

"보, 본 가는 협박이나 위협에 굴복하지 않는다."

제갈륭이 피가 나도록 입술을 깨물며 말했다. 살짝 총기가 돌아오는 듯했던 눈동자는 두어 번의 호흡도 하기 전에 이내 흐릿해졌다.

"물론 알지. 제갈세가를 단순한 협박이나 위협을 통해 굴복시킬 수 없다는 것을. 우리뿐만 아니라 천하의 누구라도 알고 있을 거다."

사내가 제갈륭의 시야에서 주머니를 감췄다.

"우리가 원하는 것은 딱 하나다. 제대로 봉문을 하고 암중 활동을 멈추라는 것."

"그, 그걸 어찌 믿느냐?"

제갈륭이 사내의 품으로 다시 돌아가는 주머니를 간절한 눈길로 바라보며 물었다.

"믿고 못 믿고는 네 자유겠지만 분명 상식적으로 생각하라 했다. 제갈세가는 단순한 무림세가가 아니다. 무림은 물론이고 관부와도 연관되어 있고, 백성들의 존경도 한 몸에 받고 있지. 어느 누가 감히 제갈세가에서 함부로 피를 볼 수 있단 말이냐! 하지만 이거 하나는 확실하다. 우리 입장에서 제갈세가의 암중 활동은 큰 부담이 된다는 것. 만약 네가 이번 제안을 거절하면 어쩔 수 없이 극단적인 방법을 사용하게 된다. 후! 그리 되었을 때 제갈세가나 우리나 얼마나 많은 피를 봐야 할지 상상이 되지 않는구나. 서로 피를 보지 않고 해결할 방법이 있음에도. 그리되면 아마 너만 바라보고 있는 노모도, 병든 형도 모조리 목숨을 잃을 거다."

"아, 안 돼!"

제갈륭이 거칠게 고개를 저었다.

"사지가 잘리고 온몸에서 피를 흘리며 쓰러지겠지. 누군가를 원망하면서 말이다."

사내의 은근하고 노골적인 말이 이어질수록 끔찍한 금단현상에 시달리며 황폐해질 대로 황폐해진 제갈륭의 정신이 급격하게 무너져 내렸다.

"으으으으!"

제갈륭의 고통스러운 신음이 흘러나왔다.

초점 없는 눈이 급격하게 커지며 마치 뭔가를 보고 있는 것 같았다.

피투성이가 된 노모와 형이 원망스럽단 눈길로 자신을 바라보는 것 같은 망상.

제갈륭은 온갖 신음과 비명을 내지르며 아무것도 없는 허공을 향해 양팔을 휘저으며 미친 듯이 몸부림을 쳤다.

그런 제갈륭의 모습을 한참이나 바라보던 사내가 제갈륭의 뺨을 후려친 뒤, 품에 넣었던 주머니를 다시 꺼냈다.

망상에 시달리고 있던 제갈륭이 언제 그랬냐는 듯 주머니에 모든 시선을 빼앗겼다.

"네가 할 수 있다. 피를 보지 않고도 모든 문제를 해결할 수 있어. 늘 너만을 걱정하고 있는 노모와 병든 형은 물론이고 제갈세가의 모든 식솔들을 구할 수 있는 것이다. 또한 그리만 된다면 이것은 네 것이 된다."

사내가 주머니를 열더니 그 안에 든 극락분 가루를 살짝 집어 제갈륭의 얼굴에 가져갔다.

득달같이 얼굴을 들이민 제갈륭이 사내의 손에 묻은 극락분을 미친 듯이 핥으며 중얼거렸다.

"마, 맞아. 내, 내가 살릴 수 있어. 어머니와 형을, 식솔들을. 그, 그래. 이게 최선이야."

사내는 스스로에게 면죄부를 주는 제갈륭을 보며 주먹을 불끈 쥐었다.

"약속한다. 제갈세가는 무사할 것이다. 네 어미와 형은 물론이고 식솔들까지도. 그리고 극락분 또한 네가 원한다면 언제까지라도 부족하지 않게 제공해 주마. 다만 너도 알다시피 이게 그다지 몸에는 좋지 않아. 가급적 줄여가는 것을 권하고 싶다."

걱정스러운 말투 뒤에 담긴 조롱도 눈치채지 못할 정도로 망가진 제갈륭은 미세한 양만으로도 온몸에 전해지는 극적인 효과에 온몸을 부르르 떨었다.

사내, 침옥의 경비를 책임졌던 화염대에 속해 있다가 최근에 여명대로 자리를 옮긴 전옥은 눈을 감고 사지를 뒤틀며 발광하던 제갈륭이 땅에 떨어져 있던 세 개의 주머니를 움켜쥐는 것을 보곤 회심의 미소를 지었다. 그러고는 미량의 극락분을 손가락에 묻히곤 말했다.

"아, 한 가지 더 해줘야 할 일이 있다. 그리 어려운 일은 아니야. 그저 서로의 피를 보지 않기 위해 필요한 일이라고나 할까."

전옥이 극락분이 묻어 있는 손가락을 제갈륭의 혓바닥에 허락하며 말을 이었다.

"제갈세가에는 세인들이 알지 못하는 기진이 설치되어 있다고 하던데, 알고 있나 모르겠네."

부드러운 음성과는 달리 제갈륭을 내려다보는 눈빛은 뱀처럼 차가웠다.

* * *

방문이 거칠게 열리고 중년 사내, 독괴 추망우가 술병을 들고 들어왔다.

천천히 술병을 입에 가져가며 침상을 바라보는 추망우의 충혈된 눈빛은 주체할 수 없는 욕망으로 번들거렸다.

침상 위, 한 여인이 죽은 듯 엎드려 있다.

단숨에 술병을 비운 추망우가 입안에 남은 마지막 술을 여인의 몸에 뿜었다. 흠칫 놀란 여인이 고개를 돌리며 몸을 일으키려 하자 추망우의 손이 그녀의 머리를 짓눌렀다.

"재수 없는 상판대기는 그냥 처박고 있어."

두려움 때문인지 아니면 모든 것을 체념한 것인지 여인은 별다른 반항 없이 추망우가 하는 대로 가만있었다.

추망우가 여인을 패대기쳤다.

환갑의 나이에도 불구하고 중년 정도의 몸을 자랑하는 추망우가 차갑게 가라앉은 눈으로 여인을 보았다.

죽은 듯 꼼짝 않고 있는 여인. 추망우가 가까이 다가가도 생기 없이 죽은 듯한 여인은 그대로였다.

추망우가 그녀의 머리카락을 와락 움켜쥐고 머리를 뒤로 젖히며 소리쳤다.

"사갈 같은 년! 내가 너같이 더러운 년을 아직까지 살려둔 이유가 뭐라고 생각하나!"

추망우가 번들거리는 눈빛으로 여인을 노려보며 말을 이었다.

"내일 아침, 당가는 영원히 사라진다. 그때까지 끝없는 쾌락을 안겨줄 테니 마음껏 즐겨보거라."

추망우의 외침에 여인이 화들짝 놀랐다.

"그, 그게 무슨……."

여인이 고개를 돌리려고 하자 추망우가 그녀의 머리를 거칠게 누르며 말했다.

"얼굴은 쳐들지 말라고 했다."

"다, 당가에 무슨……!"

하지만 더 이상의 대화는 무의미한 것이었다.

자정이 넘은 시간, 마음껏 욕망을 해소한 추망우가 거친 숨을 몰아쉬며 여운을 느끼다 천천히 몸을 일으키려 할 때였다.

그때까지 죽은 것처럼 축 늘어져 있던 여인이 추망우를 옭아맸다.

"네년이 무슨……."

노한 얼굴로 그녀를 떼어내려던 추망우의 몸이 멈칫거렸다.

여인이 조금 전과는 정반대로 추망우를 내려다보고 있었다.

"네, 네년, 내게 무슨 짓을 한 거냐?"

손가락 하나 까딱할 수 없다는 것에 기함한 추망우가 놀란 눈을 치켜뜨며 물었다.

"아직 아무것도 안 했는데."

여인이 숙였던 상체를 천천히 세우자 긴 머리카락에 숨겨졌던 그녀의 얼굴이 비로소 드러났다.

너무도 아름다운, 그러나 끔찍한 얼굴이다.

한쪽 눈이 흉측하게 파여 있었고 그 밑으로도 굵은 흉터가

즐비했다. 그에 반해 맞은편 얼굴은 천상에서 내려온 선녀의 얼굴이라 해도 믿을 수 있을 정도로 아름다웠다.

여인이 길게 내려오는 머리카락을 뒤로 묶어 정리했다.

"어때? 제대로 보는 것은 정말 오랜만인 것 같은데."

여인이 배시시 웃었다.

아름다움과 흉측함이 동시에 드러나는 얼굴에 추망우의 표정이 일그러졌다.

"더러운 것! 그동안 나를 속였구나."

"그렇게 말하면 서운하지. 그간에 나눈 정을 무시하는 말이잖아."

여인의 손가락이 가슴을 가볍게 쓸자 추망우의 몸이 부르르 떨렸다. 전신에서 소름이 돋았다.

"당가를 공격한다고?"

여인이 물었다.

추망우가 입을 다물자 여인이 웃음 지으며 그의 목덜미를 부드럽게 쓰다듬었다. 그녀의 손길이 움직일 때마다 추망우의 몸이 움찔거렸다.

"잘됐어. 본 가로 복귀를 할 수 있는 좋은 기회가 되겠어. 그 전에."

천천히 상체를 숙인 여인이 추망우에게 귓속말했다.

마치 뱀의 혓바닥이 지나가는 듯한 느낌을 받은 추망우가 진저리를 쳤으나 손가락 하나 까딱할 수 없는 상황에서 그가 할 수 있는 것은 아무것도 없었다.

"만독마존이 남긴 무공 중에서 아주 좋은 것이 하나 있어. 채양흡정색혼술(採陽吸精色魂術)로, 사랑을 나누는 과정에서 자연스레 내력을 증진시킬 수 있는 효능이 있어. 심지어는 치료의 힘도 있더라고."

추망우는 그녀의 말을 곧바로 이해했다.

"자연스레? 웃기는 소리! 그동안 나의 정혈을 갈취했던 것이냐?"

"갈취라는 말은 좀 그렇지. 영감도 즐길 만큼 즐겼잖아. 그때마다 조금씩, 악취 나는 영감을 감내하며 모으느라 얼마나 고생을 했는지. 덕분에 지금은 과거의 부상도 완쾌가 되었고, 오히려 더 건강해졌지. 그 점에 대해선 영감에게 정말 고마워하고 있어."

추망우는 입술을 꽉 깨물었다.

"이제 마지막이야. 영감도 좋았을 테니 날 너무 원망하지는 말고."

"네, 네년이 이러고도 무사할……."

여인의 손이 추망우의 머리를 홱 돌려 침상 깊숙이 처박았다.

"그만 닥쳐. 썩은 내 나니까."

차갑게 외친 여인이 지그시 눈을 감았다.

얼굴이 침상에 짓눌린 추망우의 입에서 고통스러운 신음이 계속해 흘러나왔다.

어느 순간부터, 탄탄했던 추망우가 생기를 잃고 쪼그라들기 시작했다. 팽팽했던 피부가 탄력을 잃었고 자글자글한 주름과 함께 급격하게 노화가 진행됐다. 머리카락도 순식간에 백발로 변하더니 이내 빠져 버렸다.

죽음의 기운이 드리우는 추망우와는 달리 시간이 흐를수록 여인의 몸에선 생기가 넘쳐 흘러나왔다.

백옥 같던 피부는 더욱 미끈해졌고 눈이 부실 정도로 아름다운 전신에선 광채마저 흘렀다.

추망우의 몸에서 마지막 정혈까지 갈취하는 데 성공하는 순간, 그녀의 눈에 누군가의 모습이 떠올랐다.

자신의 눈을, 아름다운 얼굴을, 인생 자체를 무너뜨린 원수의 얼굴이다.

"참으로 오랜 기다림이었다. 하나, 이제 준비가 끝났다."

그녀가 손을 뻗어 허공에 떠 있는 사내의 목을 움켜쥐며 조용히 읊조렸다.

"조만간 다시 보게 될 것이다, 풍월."

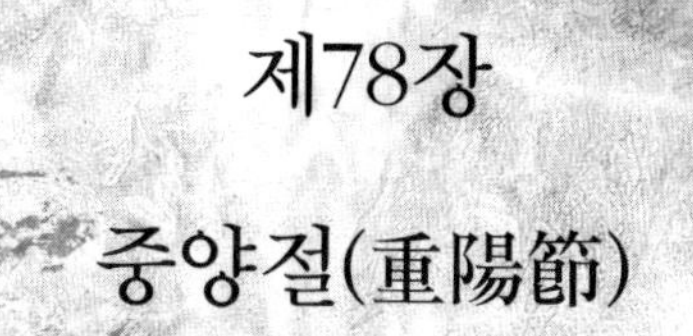

제78장

중양절(重陽節)

이른 아침, 일단의 무리가 장백산 서북쪽 능선을 달리고 있다.

숫자는 대략 오십여 명. 장성을 넘은 풍월과 그 일행의 움직임이 심상치 않다는 것을 알고 뒤늦게 그들을 제지하기 위해 달려온 북해빙궁의 무인들이다.

이틀 전, 초토화된 장백파의 모습을 확인한 그들은 풍월 일행의 뒤를 그야말로 필사적으로 쫓고 있었다.

밤새 맞은 이슬로 인해 옷은 축축이 젖어 있고 제대로 휴식을 취하지 못했는지 다들 피곤한 기색이 역력했다.

아침 해가 완전히 떠오를 때쯤 화전민의 마을이 보였다.

그들이 화전민이 일군 밭에 도착했을 때 마을 쪽에서 한 사내가 달려와 북리연의 앞에서 무릎을 꿇었다.

그가 풍월의 흔적을 쫓고 있던 척후 중 한 명이라는 것을 확인한 북리연이 물었다.

"찾았느냐?"

"찾았습니다."

북리연의 눈빛이 섬뜩하게 변했다.

"마을에 있느냐?"

"아닙니다."

"하면 어디에 있느냐?"

"지금 확인 중입니다."

척후의 대답이 마음에 들지 않는지 북리연이 서늘한 눈빛으로 그를 바라보았다.

흠칫 놀란 척후가 얼른 말을 이었다.

"놈들이 이 마을에 도착한 것은 확실합니다. 이틀 동안 머물다가 새벽에 떠났다고 하는데, 조금 전까지 내린 비로 놈들의 흔적이 모두 사라졌습니다. 해서 지금 화전민들에게 그들의 행방을 추궁하고 있습니다."

"멍청한 놈들. 네놈들이 쓸데없는 정보에 현혹되지 않고 조금만 발 빠르게 움직였어도 놈들이 이곳을 떠나기 전에 도착했을 것이다."

북리연의 질책에 척후는 감히 입을 열지 못했다.

북리연의 후미에 있던 비추홀의 낯빛이 살짝 붉어졌다.

척후들을 총괄하는 입장에서 누군가 흘린 거짓 정보에 속아 시간을 낭비한 것은 입이 열 개라도 할 말이 없는 것이었다.

"놈의 행방을 쫓는 것은 아이들에게 맡기고 일단은 휴식을 취하는 것이 좋겠다. 다들 너무 지쳤어. 이래선 놈과 싸워보기도 전에 쓰러지겠다."

북리연을 도와 풍월 일행을 추격하고 있는 북해십천의 사좌 북리청강이 그녀를 달래며 나섰다.

"하지만……."

"서두른다고 될 일이 아니지 않느냐? 솔직히 노부도 쓰러질 지경인데 하물며 저 아이들이야 말하면 뭣 하겠느냐."

북리청강의 말에 북리연이 오라비가 붙여준 수하들을 향해 고개를 홱 돌렸다.

약한 모습을 보였다가 어찌 될지 뻔히 알고 있던 이들이 필사적으로 눈을 부라리며 건재함을 과시했다. 그 모습을 본 북리청강이 혀를 차며 짠한 표정을 지었다.

"다들 괜찮은 것 같은데요?"

북리연의 말에 북리청강이 미간을 찌푸렸다. 그렇잖아도 깊게 패인 주름살이 더욱 깊어지자 북리연이 손을 휘 내저었다.

"알았어요. 당숙 말대로 하죠. 대신 놈들의 행방이 파악되면 바로 움직일 거예요."

북리연은 북리청강의 대답도 듣지 않고 몸을 돌려 마을로 향했다. 황급히 일어난 척후가 그녀를 안내하기 위해 뛰어갔다.

"그래, 어련하겠느냐."

북리청강이 고개를 설레설레 내저으며 한숨을 내쉴 때 칠좌 북리연호가 다가왔다.

"한데 형님, 정말 괜찮겠습니까?"

"뭐가 말인가?"

"놈들과 절대 정면으로 붙지 말라는 궁주님의 전서가 한 시진 단위로 날아들고 있습니다. 이대로 무시해도 되느냐는 말입니다. 방금 전에도 도착했습니다."

북리연호가 구겨진 서찰을 흔들며 말했다.

장백파가 풍월 일행에게 당한 것이 확인된 후, 북리천은 추격대에 절대 단독으로 맞서지 말라는 명을 내렸다.

북리연과 두 명의 십천, 게다가 궁주 직속의 최정예 오십이라면 어지간한 문파는 아예 가루로 만들어 버릴 정도의 전력이나 풍월 일행과 부딪쳤을 때 승리를 장담할 수가 없었기 때문이다.

엄밀히 따진다면 승산 자체가 없었다.

풍월 일행이 쓸어버린 장백파의 전력은 추격대보다 강하면 강했지 절대로 약하지 않았다.

추격대 단독으로 풍월 일행과 싸울 수 없다고 판단한 북리천은 장백파 인근 문파에 총동원령을 내려 추격대를 지원토록 했다.

문제는 북리연이었다.

풍월 일행을 거의 따라잡은 그녀는 궁주의 명 자체를 무시했다. 그녀와 함께 움직이는 십천과 수하들, 심지어 부친과 아들을 잃고 그녀 이상으로 복수심에 불타고 있는 마포마저 만류했으나 그녀는 고집을 꺾지 않았다.

"말려야 합니다."

"누가? 자네가?"

북리청강의 반문에 북리연호의 몸이 움찔했다.

"그건……."

"말린다고 될 일이 아니야. 혼자라도 움직일 아이라는 걸 알지 않는가?"

"그렇… 긴 하지요."

북리연호가 쓴웃음을 지으며 한숨을 내쉬었다.

"그나마 다행이라면 천랑단의 정예들이 이쪽으로 오고 있다는 것인데. 언제 도착한다고?"

북리청강의 시선이 비추홀에게 향했다.

"빠르면 반나절, 늦어도 하루 정도면 합류할 수 있을 것 같습니다."

"그렇게 빨리? 허! 늑대가 쓰러지니 그 자리 한번 차지해 보겠다고 아주 개떼처럼 달려드는군."

북리청강은 비웃음을 흘렸지만 북리연호는 당연하다는 듯 말했다.

"그것이 천랑단의 힘이자 본질이지요. 게다가 장로들이 낭왕의 복수를 하는 자에게 힘을 실어주겠다는 선언까지 했으니 낭왕의 자리를 노리는 놈들이라면 모조리 달려오고 있을 겁니다."

"흥! 그게 가능할까? 낭왕의 진짜 후계자는 궁주님을 따라 원정에 나섰는데. 내가 봤을 때 그놈은 진짜네. 조만간 낭왕의 실력을 훌쩍 뛰어넘을 게야."

북리청강이 낭왕의 큰아들을 떠올리며 코웃음을 쳤다.

"그래도 일단 비벼는 볼 수 있을 겁니다. 어쨌거나 낭왕의 복수를 했다는 명분이 있으니까요."

"그거야 어차피 제 놈들 사정이니 신경 쓸 필요는 없겠지. 아무튼 빨리나 도착했으면 좋겠군."

"허허! 걱정되십니까?"

북리연호가 북리청강의 눈을 지그시 바라보며 물었다.

"우리만으로 놈들을 상대하기 버거운 것은 분명한 사실이니까."

북리청강이 걱정스러운 얼굴로 고개를 끄덕였다.

하지만 북리연호는 보았다. 자신 없어 하는 말과는 달리 북리청강의 눈동자 저 깊은 곳에서 번뜩이는 투쟁심과 호승심을.

* * *

"어후, 좋네."

"진짜 장관이다."

이른 아침, 등고회(登高會—중양절의 중요한 행사 중 하나로 산수유 열매를 담은 붉은 주머니를 팔뚝에 걸고 높은 산에 올라가 국화주를 마시며 액운을 달랜다)를 위해 천지(天池)로 향하던 풍월 일행은 웅장한 굉음과 함께 쏟아져 내리는 장백폭포를 보고는 감탄을 금치 못했다.

아무리 중양절이라도 어찌 보면 적진 한복판에서, 그것도 새벽부터 일어나 등산을 해야 하는 것이 영 마음에 들지 않아 연신 투덜대던 황천룡도 두 눈을 휘둥그레 뜨며 주변을 살피느라 정신이 없었다.

"어떻습니까, 후개?"

모순이 입을 쩍 벌린 채 한참 동안이나 장백폭포를 바라보고 있는 구양봉에게 슬쩍 물었다.

“최고네요. 지금껏 이보다 크고 높은 폭포를 많이 보아왔지만 어딘지 달라요. 주는 느낌이 묘하다고나 할까. 안 그러냐?”

구양봉이 풍월의 옆구리를 툭 치며 물었다.

“확실히 그러네. 뭔가 모를 기운이 있어. 위압감이라고나 할까.”

풍월이 고개를 끄덕이자 모순이 한층 밝아진 얼굴로 말했다.

“장백폭포 옆으로 난 소로를 따라 올라가면 승사하(乘槎河)가 보이고 넓은 개활지가 나옵니다. 그곳의 풍경 또한 일품입니다.”

“승사하?”

구양봉이 고개를 갸웃거리자 몇 마디를 덧붙였다.

“천지의 물이 흘러나오는 곳을 달문(達文)이라고 하는데, 그 달문에서 장백폭포에 이르는 물줄기를 승사하라고 부릅니다.”

“풍경이 좋다잖아. 일단 가보자고.”

풍월이 구양봉의 팔을 잡아끌었다.

장백폭포 밑에서 천지로 오르는 길은 꽤나 가파르고 험했다. 소로가 있기는 했으나 워낙 좁은 데다가 곳곳이 무너져 있어 길이라 부르기도 뭣했다. 때때로 떨어져 내리는 낙석도 무척이나 위험했다.

그렇게 한참을 거슬러 올라 마침내 장백폭포의 시작점이자 승사하의 끝자락에 도착했다.

"와!"

"멋지네."

일행의 입에서 또 한 번의 감탄사가 터져 나왔다.

좌우에 우뚝 솟은 기암절벽, 탁 트인 개활지에는 온갖 야생화가 흐드러지게 피어 있고 천지에서 흘러내린 물줄기가 하얀 포말을 만들어내며 굽이굽이 흐르고 있다.

"이것이 승사하라고 합니다."

모순이 장백폭포로 이어지는 하얀 물줄기를 가리키며 말했다.

"어째 모습을 보니 금방이라도 백룡이 나타나 여의주를 물고 승천할 것 같네."

구양봉이 승사하에 손을 넣으며 몸을 부르르 떨었다. 손끝에서 전해지는 한기가 상상 이상이었다.

"어후, 놀래라. 무슨 놈의 물이 이렇게 차."

구양봉이 호들갑을 떠는 사이, 풍월은 유연청과 함께 개활지를 걸으며 그곳에 핀 온갖 야생화의 아름다움과 향기에 취했다.

"정말 멋진 곳이야. 자넨 어떻게 이런 곳을 알고 있는 거지?

고향이 이곳인가?"

황천룡의 물음에 모순이 어깨를 으쓱거렸다.

"그렇지는 않습니다. 다만 황의단의 부단주로서 활동하다 보니 자연스레 알게 된 거지요. 처음 이곳에 왔을 때의 감동은 아직도 잊히지가 않습니다. 이후 기회가 있을 때마다 찾았습니다. 아, 눈 덮인 천지의 풍경은 천하제일이라 해도 과언이 아닙니다. 언제고 기회가 되면 꼭 오십시오. 절대 후회하지 않으실 겁니다."

"흠, 눈이라."

황천룡은 기대를 하는 한편, 눈이라는 말에 약간은 망설이는 모습을 보였다.

개활지를 따라 느릿느릿 걷던 일행은 천지에 도착한 뒤, 세 번째 감탄사를 내뱉었다.

자욱하게 깔린 물안개, 수많은 봉우리가 병풍처럼 둘러싼 천지의 깊고 푸른 물, 고봉(高峯)을 휘감은 새하얀 구름은 그 자체로 한 폭의 그림과 같았다.

일행은 한참이나 멍하니 서서 천지와 주변 풍광에 흠뻑 빠져들었다. 그야말로 경이롭고 절대적인 아름다움에 압도당한 것이다.

몇 번이나 천지에 오른 모순만이 그런 일행의 반응을 즐기며 조그만 표주박으로 천지의 물을 떠 마셨다.

폐부까지 시원하게 씻는 청량감에 세속에서 묻은 모든 오물이 씻겨 나가는 것 같았다.

"어디 나도 물맛이나 좀 볼까."

모순을 뒤따라온 황천룡이 손을 내밀자 모순이 표주박을 건넸다.

황천룡이 표주박으로 물을 뜨는 사이, 그를 추월한 구양봉과 공각이 경쟁적으로 머리를 처박고 천지의 물을 벌컥벌컥 마셨다.

한바탕 소란을 떤 일행은 천지가 한눈에 보이는 넓은 바위에 모여 준비해 온 보따리를 풀었다.

보따리에는 간단한 안주 몇 가지와 국화전(菊花煎), 국화주(菊花酒)가 담긴 술병이 들어 있었다.

구양봉이 술병을 향해 손을 뻗었지만 공각이 조금 더 빨랐다.

뚜껑을 열기가 무섭게 천지의 풍광과 절묘하게 어우러지는 향기가 주변으로 퍼져 나갔다.

침을 꼴깍 삼키는 구양봉을 득의양양한 표정을 지으며 바라본 공각이 단숨에 술을 들이켰다.

형웅이 기름이 뚝뚝 떨어지는 국화전을 찢어 건네자 고개를 저었다.

"아미타불! 곡차의 진정한 맛은 오롯이 곡차만 들이켰을 때 알 수 있는 것이지."

"지랄한다! 어제까지만 해도 안주를 밥처럼 처먹었으면서."

그사이 술을 들이켠 구양봉이 형응의 손에 들린 전을 입에 넣었다.

"흐흐흐! 좀 질려서 그런다. 워낙 많이 먹어서."

공각이 웃으며 술병에 손을 뻗자 그의 손등을 탁 치고 술병을 낚아챈 황천룡이 핀잔을 줬다.

"민망할 정도로 많이 먹기는 했지. 화전민들의 사정은 생각하지도 않고. 그들도 중양절이라고 힘들게 마련한 음식일 텐데 말이야. 나 같으면 뒤집개로 머리통을 후려쳤을 거다."

"동감. 아무리 땡중이라지만 명색이 부처님을 모신다는 인간이 어찌 그리 욕심이 많은지."

구양봉과 황천룡이 주거니 받거니 하며 공각을 놀리고 있을 때였다.

말없이 국화주와 국화전을 맛보고 있던 형응이 가만히 자리에서 일어나 승사하 쪽으로 움직였다.

"어디 가?"

구양봉이 큰 소리로 불렀지만 형응은 걸음을 멈추지 않았다.

구양봉이 다시금 그를 부르려고 할 때 풍월이 살짝 굳은 얼굴로 팔을 잡았다.

"왜?"

"손님이 온 것 같아. 하, 그 녀석 제법이네. 나보다 먼저 알아차렸어."

풍월이 기특하단 웃음을 짓자 구양봉과 황천룡에게 시달리던 공각이 이때다 싶어 끼어들었다.

"아미타불! 인간의 오욕(五慾) 중 으뜸은 색욕(色慾)이라. 무리도 아니지."

공각의 농에 풍월과 담소를 나누던 유연청이 얼굴을 붉히자 황천룡이 두꺼운 팔로 공각의 목을 휘감았다.

"무슨 말도 안 되는 개소리야!"

"아미타불! 개소리라니요. 이는 만고의 진리요, 절대 불변의 가치이자……."

공각의 말은 이어지지 못했다.

자리를 떴던 형웅이 무시무시한 살기를 뿜어내며 누군가의 목덜미를 움켜쥔 채 개처럼 끌고 왔기 때문이다.

풍월의 시선이 형웅의 왼손으로 향했다.

구겨진 서찰, 아마도 형웅이 저토록 살벌한 기세를 뿜어내는 이유일 터였다.

*　　　*　　　*

짙은 안개가 자욱하게 낀 당가타의 아침.

안개 속에서 간간이 모습을 드러내는 집들을 바라보며 호법 몽교가 물었다.

"십장로께선?"

"아직 도착하지 않으셨습니다."

"흠, 약속은 칼같이 지키는 분이신데. 사람은 보냈느냐?"

"예, 하지만 별다른 연락이 없습니다."

은검단주 숭전의 대답에 몽교의 눈썹이 꿈틀거렸다. 뭔지 모를 불안감이 조용히 엄습했다.

"그리고 만독방에서 언제 공격을 시작하는지 물어왔습니다."

"아직 당가에서의 일이 성공했는지 확인되지 않았다. 더구나 십장로께서 오시지 않았으니."

몽교가 난처한 표정으로 한숨을 내쉴 때 누군가 안개를 뚫고 정신없이 달려왔다.

"다, 당가 쪽에서 연락이 왔습니다."

"어찌 되었느냐?"

숭전이 서둘러 물었다.

"성공했습니다. 지금 당가가 발칵 뒤집힌 상태라고 합니다."

"호법님!"

숭전이 상기된 얼굴로 몽교를 불렀다. 잠시 갈등하던 몽교가 즉시 명을 내렸다.

"공격을 시작한다. 만독방에도 공격의 시작을 알려라."

당가의 소식을 전해온 사내가 명을 받고 즉시 물러났다.

"숭전."

"예, 호법님."

"계속해서 십장로님의 행방을 확인해라."

"알겠습니다."

"더불어 만독방 놈들에게도 경계를 늦추지 마라. 놈들이 언제 뒤통수를 칠지 모른다. 십장로께서 부재중인 상황에서 놈들의 공격을 받으면 답이 없어."

"명심하겠습니다."

물러나는 숭전을 보며 몽교는 답답한 표정을 감추지 못했다.

'대체 어디에 계신 겁니까?'

"대장로님, 개천회에서 연락이 왔습니다."

독천단주 편결의 말에 아침부터 술잔을 기울이고 있던 만독방 대장로 여편이 반색을 하며 물었다.

"성공했다더냐?"

"그렇습니다. 바로 공격을 시작한다고 합니다."

"좋구나. 우리도 시작하자."

여편이 자리에서 벌떡 일어나자 맞은편에 앉아 있던 장로 여일회가 걱정스러운 얼굴로 말했다.

"정말 믿어도 되는 것인지 모르겠습니다, 형님. 계획은 그럴 듯하지만 다른 곳도 아니고 당가입니다. 그자들이 그리 쉽게 당한다는 것이 믿기지가 않습니다."

"이미 끝난 얘기가 아닌가? 충분히 논의도 했고. 자네 말이 무슨 뜻인지 알지만 독괴 추망우가 개입된 일일세. 그자의 독이라면 분명 가능성이 있어. 계획이 틀어진다면 살아서 돌아갈 수 있는 사람이 없겠으나, 그런 위험성에도 우리가 이곳에 왔다는 것은 놈들의 제안이 그만큼 매력이 있다는 것이겠지. 오늘 일만 제대로 이뤄진다면 당가라는 이름이 더 이상 만독방 앞에 놓이는 일은 없을 것이야. 아, 놈들에 대한 경계는 철저히 해야 할 것이네."

"놈들이라면 개천회를 말씀하시는 겁니까?"

여일회가 고개를 갸웃거리며 물었다.

"그래, 지금이야 손을 잡고 있지만 언제라도 뒤통수를 칠 수 있는 놈들이니까."

"삼태상 쪽에서 보증한 자들입니다. 사실상 동맹이나 마찬가지인데 설마 그러기야 하겠습니까?"

"그러니까 말일세. 난 개천회 놈들은 물론이고 그 이상으로 삼태상을 믿지 못해. 개천회의 힘을 빌려 궁주님을 몰아내고 권력을 장악한 놈들을 어찌 믿을 수 있다는 말인가."

다른 어느 곳보다 힘의 논리가 확실한 곳이 패천마궁이다. 절대적인 힘과 권위를 지닌 궁주라 하더라도 실력에서 밀리면 언제라도 퇴출될 수 있었다.

하나, 여편은 스스로의 힘이 아니라 외부의 힘을 빌려 궁주를 몰아내고 스스로를 삼태상이라 칭하고 있는 풍천뇌가, 수라검문, 적룡무가에 대한 깊은 반감을 가지고 있었다. 다만 그들의 힘에 눌려 드러내 놓고 비판을 하지 못할 뿐이다.

"편결."

"예, 대장로님."

"지금부터 당가타에 대한 공격을 시작한다. 개미 새끼 한 마리 남기지 마라."

편결이 흠칫 놀라자 여편이 코웃음을 쳤다.

"왜? 아무것도 모르는 평범한 주민들을 공격하는 것 같으냐?"

여편이 정색하며 말을 이었다.

"절대로 아니다. 당가타는 평범한 마을이 아니야. 당가를 보호하기 위해 겹겹이 쳐진 보호망이나 다름없지. 주민들 역시 당가의 식솔이다. 놈들을 제대로 쓸어버리지 못한다면 당가에 대한 공격은 무조건 실패한다."

"명심하겠습니다."

"가라! 개천회 놈들보다 먼저 당가의 담장을 넘어야 할 것이다."

"존명!"

힘찬 대답과 함께 편결이 몸을 돌렸다.

멍이 떨어지기 무섭게 움직이는 천독단을 보며 여편도 마지막 술잔을 들었다.

"당가에 죽음을!"

단숨에 술을 들이켠 여편이 안개에 휩싸여 보이지 않는 당가타를 향해 술잔을 던지고는 천독단을 따라 움직이기 시작했다.

개천회와 만독방이 당가타에 대한 공격을 시작할 무렵, 당가는 이미 발칵 뒤집힌 상태였다.

"무슨 독인지 확인되었나?"

가주 당추가 약왕당주 당융에게 물었다.

당융이 곤혹스럽단 얼굴로 고개를 저었다.

"산공독의 일종인 것은 틀림없으나 정확히 어떤 성분으로 만들어진 것인지는 확인하지 못했습니다."

"해독제는?"

"그 또한 시간이 더 필요합니다."

"흥! 독을 푼 놈들이 그 시간을 줄지가 문제지."

당가의 가장 큰 어른 당개가 콧방귀를 뀌고 한심하단 얼굴로 주위를 둘러보며 말을 이었다.

"한심한 인간들 같으니! 이토록 어수선한 시국에 대체 경계를 어찌 서기에 적이 독을 푸는 것도 눈치채지 못한단 말이냐? 가주가 독이 든 음식을 먹는다는 것이 있을 수 있는 일이냔 말이다!"

"죄송합니다, 숙부님. 고정하시지요."

가주 당추가 노기에 찬 당개를 달랬다.

"가주에게 한 말은 아니니 마음에 담지는 마시게."

"알고 있습니다."

"몸은 괜찮은가?"

"괜찮습니다. 산공독이라는 것이 딱히 몸을 해치는 것은 아니니까요. 다만……."

씁쓸한 표정으로 말끝을 흐린 당추가 한숨을 내쉬며 말을 이었다.

"그리고 입에 담기도 참담한 말이지만 본 가에 독을 푼 자는 적이 아닙니다."

"아니… 라니?"

"본 가의 식솔로 확인되었습니다."

"뭣이라! 그, 그게 사실인가?"

당개가 믿을 수 없다는 얼굴로 되물었다.

"예."

"누군가? 어떤 쳐 죽일 놈이 그런 짓을 저질렀단 말인가?"

백 세를 눈앞에 둔 당개의 눈에서 활화산 같은 분노가 뿜어져 나왔다. 당가를 배반한 자가 누군지 알기만 하면 당장에라도 태워 죽일 기세였다.

당추의 시선이 감찰당주 당솔에게 향했다.

당솔이 침중한 얼굴로 입을 열었다.

"당마웅이라는 녀석입니다."

"당… 마웅?"

당개가 잔뜩 인상을 쓰며 고개를 흔들었다. 어딘지 익숙한 이름이긴 했으나 기억을 더듬어 봐도 누군지 정확히 떠오르지가 않았다.

"산은의 손자입니다."

당추가 착잡한 얼굴로 말했다.

"산은? 천문동에서 개천회 놈들에게 목숨을 잃은 그 녀석을 말하는 겐가?"

깜짝 놀란 당개가 어릴 적부터 유난히 자신을 따랐던 오촌 조카를 떠올리며 물었다.

"예, 마웅은 그때 놈들에게 사로잡혔다가 이번에 간신히 본가로 돌아온 아입니다."

"아! 그래, 기억이 나는군. 그 아이였어. 한데 왜? 무슨 이유로 독을 풀었다는 것인가? 제 할애비는 당가를 위해 싸우다 목숨까지 잃었거늘."

당개는 범인이 당산은의 손자라는 것을 알게 되자 더욱 노한 표정을 지었다.

"방금 전에 개천회의 사주를 받았다고 토설했습니다."

당솔의 말에 당개의 입이 쩍 벌어졌다.

"뭐… 라? 개천회?"

"예."

"이런 미친! 아주 제대로 미쳤구나. 제 할애비를 죽이고 제 놈까지 포로로 잡은 자들의 사주를 받는 것이 어디 제정신을 가진 놈이 할 짓이냐?"

"극락분에 중독이 되었으니 제정신이 아닌 건 확실합니다."

"극락분?"

"예, 극락분이라는 독, 아편을 기본으로 하여 만들어진 것이니 정확히는 약물이 맞겠습니다만, 어쨌거나 극락분에 중독되어 일을 저지른 것입니다."

당개가 뭐라 입을 열기도 전, 당융이 이해가 안 간다는 얼굴로 말했다.

"그 아이가 극락분에 중독된 것은 맞다. 금단현상 때문에 꽤나 고통스러워했지. 하지만 이미 치료가 되었다."

"치료가 된 것이 아니라 다시 중독이 된 것입니다."

"뭐라?"

당융이 놀라 물었다.

"다시 극락분에 손을 댔습니다. 그랬기에 금단현상을 겪지 않은 것이고요. 아마도 개천회 놈들이 은밀히 접근한 것으로 판단됩니다."

"음."

당융의 입에서 침음이 흘러나왔다.

금단현상을 극복하고 치료가 된 것과 다시 중독되어 금단 현상이 사라진 것을 구분하지 못했다는 것은 큰 문제다. 무림의 상황으로 인해 약왕당이 정신없이 돌아가고는 있었으나 설사 그렇다고 해도 명백한 실수.

당융은 당마웅이 다시금 중독이 되었다는 것에 큰 충격을 받은 것 같았다.

"지금 놈의 몰골을 보면 인간의 모습이 아닙니다. 마치 악귀 같습니다. 눈이 뒤집히고 온몸을 덜덜 떨면서도 약을 받아야 한다고 풀어달라고 악을 써대는데……."

당마웅을 직접 심문하며 그 처참한 꼴을 본 당솔은 차마 말을 잇지 못했다.

"개천회 놈들이 극락분을 가지고 독을 풀도록 사주를 했다는 말이냐?"

"그렇습니다."

"허!"

당개가 헛바람을 내뱉으며 입을 다물었다. 약물에 중독된다는 것이 얼마나 끔찍한 일인지 안다. 하나, 이건 아니다. 목숨을 끊으면 끊었지, 고작 극락분 따위를 얻자고 세가 전체를 위험에 빠뜨린다는 것은 그의 상식에 비추어 보았을 때 결코 있을 수 없는 일이다.

"아무래도 일전의 일이 수상합니다."

당솔의 말에 당추가 미간을 모았다.

"일전의 일이라니?"

"침옥에 갇혀 있던 자들이 탈출을 한 사건 말입니다. 생각보다 많은 이들이 무사히 돌아왔습니다. 당시 상황을 감안했을 때 기적이라 해도 과언은 아니었습니다. 혹자는 개천회가 세상에 모습을 드러낸 이후 가장 큰 실패를 했다면서 비웃기도 했으니까요. 한데 만약 포로들의 탈출이 개천회가 의도한 것이라면, 일부러 그들을 소속된 문파나 가문으로 되돌려 보낸 것이라면……."

"오늘과 같은 일을 꾸미고자?"

"예."

"일리가 있습니다. 당시 탈출한 자들 대부분이 극락분에 중독된 상태였습니다. 몇몇 문파에선 본 가에 극락분의 치료를 부탁하기도 했습니다."

당융이 당솔의 의견에 힘을 실어주었다.

"허허! 기가 막히는구나. 만약 감찰당주의 말이 사실이라면 난처한 상황에 빠진 것은 본 가만이 아니라는 말인데. 유한아."

허탈하게 웃은 당추가 맞은편에 조용히 앉아 있는 둘째 아들을 불렀다.

"모든 것을 떠나 개천회가 놈을 사주한 것이 확실한 이상 놈들이 본 가를 노리고 있다고 봐야 할 터."

"예, 가주님."

당유한이 착 가라앉은 목소리로 대답했다.

당유한은 당령의 부친으로 그녀의 만행이 세상에 드러났을 때 당가의 모든 수뇌들 앞에서 스스로 한쪽 눈을 빼버리며 당령이 저지른 죄에 대해 사죄를 할 정도로 올곧은 인물이다.

"산공독에 중독되지 않은 식솔들이 몇이나 되느냐?"

"삼 할이 채 되지 않는 것 같습니다."

삼 할이란 말에 다들 무거운 신음을 내뱉었다. 생각보다 너무 많은 식솔들이 중독된 것이다. 당장 가주가 중독이 되었으니 다른 사람은 말할 것도 없었다.

"삼 할이라."

조용히 읊조린 당추의 시선이 당개에게 향했다.

산공독에 중독되지 않은 몇 안 되는 어른 중 한 명이다.

"이제 본 가의 운명은 숙부님께 달려 있는 것 같습니다."

"맡겨주시게. 본 가를 건드린 것이 얼마나 큰 실수인지 뼈저리게 느끼게 될 것일세."

"믿습니다."

환한 얼굴로 고개를 끄덕인 당추가 당유한에게 물었다.

"당가타 쪽은 확인을 해보았느냐?"

"예, 다행히 그쪽은 큰 문제가 없는 것 같습니다. 하여 무공을 사용할 수 있는 이들을 모조리 본 가로 소환하라 명했습니다."

"잘했다. 그들이 본 가로 온다면 실로 큰 힘이 될 것이다."

당개가 당유한의 빠른 대처에 칭찬을 아끼지 않았다.

하지만 그들은 몰랐다. 개천회와 만독방의 합동 공격으로 인해 그들이 믿고 있는 당가타 주민들의 대부분이 엄청난 위기에 빠져 있다는 것을.

*　　　*　　　*

"문이 열렸습니다. 제갈세가의 문이 열렸습니다."

마정이 손뼉을 치며 소리쳤다.

"경거망동하지 마라. 이제 시작이다."

개천회 십이장로 한소가 흥분해 날뛰려는 마정을 한심하다는 얼굴로 바라보며 소리쳤다.

"호호호! 문이 열리면 끝난 거지요. 제갈세가 주변을 철옹성으로 만드는 진법이 하나도 작동하지 않을 것을 보면 그 병신 같은 놈이 일을 제대로 한 것 같습니다. 너도 고생했다."

마정의 칭찬에 제갈륭을 협박, 회유하는 데 성공한 전옥이 환한 웃음과 함께 고개를 숙였다.

"감사합니다."

"이제 사부님이나 저나 제갈세가를 최초로 무너뜨린 인물로 역사에 이름을 남길 것입니다. 아무튼 이번 일만 잘되면 총순찰로 복귀하는 것은 큰 문제가… 저 새끼들이!"

신나서 떠들어대던 마정은 정문이 열린 제갈세가로 뛰어드는 자들을 바라보며 욕설을 내뱉었다.

"버러지 같은 놈들이 감히 누구의 공적을 가로채려고 해. 이봐, 일대주."

마정이 제갈세가 공격에 투입된 동검대 일대주 청공을 불렀다.

"예, 공자님."

"꾸물거릴 시간이 없다. 당장 공격해."

마정이 명했지만 청공은 움직이지 않았다. 공격에 대한 결정권은 마정이 아니라 한소가 가지고 있기 때문이다.

마정은 청공이 자신을 무시하는 것으로 여기며 불같이 화를 냈다.

"귀가 막힌 건가? 당장 공격하라 했다."

"죄송합니다."

청공은 단 한마디로 명을 거절했다.

청공의 단호한 태도에 마정의 분노가 폭발하려 할 때 한소가 혀를 차며 마정의 앞을 막아섰다.

"쯧쯧, 한심한 놈. 입 닥치고 물러나 있어."

"하지만 사부님!"

"닥치고 물러서라 했다."

한소가 진심으로 노한 표정을 짓자 황급히 입을 틀어막은 마정이 풀죽은 얼굴로 물러났다.

"네가 이해하여라. 근래 들어 몇 번 좌절을 겪더니 총기가 많이 흐려져서 그런 것이니. 원래는 저렇게 막돼먹은 녀석은 아니었다."

한소의 사과에 청공이 당치도 않다는 얼굴로 고개를 숙였다.

"괘념치 마십시오, 장로님. 한데 마 공자의 말도 일리는 있는 것 같습니다. 이러다간 제갈세가를 무너뜨린 모든 공적을 남천밀가가 차지할 것 같습니다. 계획을 세우고 실행한 것은 본회입니다."

"노부도 알고 있다."

"그런데 어째서……."

귀를 쫑긋이 세우고 있던 마정이 번개처럼 입을 열다 한소의 엄한 눈빛을 보곤 움찔하며 고개를 돌렸다.

"후! 노부가 말년에 얻은 제자라 하여 네 녀석을 너무 오냐오냐하면서 키웠구나. 조금 더 강하게 훈련시켰어야 하는 것을."

후회는 아무리 빨라도 늦는 법이다.

한소는 마정의 천재성에 눈이 어두워 밑바닥에서부터 강하게 키우지 못한 것을 뼈저리게 후회했다.

"이번 싸움에서 무엇보다 중요한 것은 제갈세가에 치명타를 가하는 것이다. 누가 어떤 공적을 차지하고 명성을 얻는 것인지는 중요한 것이 아니다."

"하지만 제갈세가입니다."

청공도 조금은 아쉬운 표정을 지었다.

지금껏 공적에 대한 특별한 욕심을 낸 적은 없었지만 제갈세가는 달랐다. 지금껏 그 어떤 곳에도 무너지지 않았던, 가히 난공불락과도 같은 제갈세가를 무너뜨리는 일은 분명 역사에 이름을 남길 수 있는 사건이다.

"그러기에 더욱 함부로 공격할 수 없는 것이다."

고개를 흔드는 한소는 더없이 신중한 태도다.

"예?"

청공이 이해하지 못한 얼굴로 되물었다.

"너무 순조로워."

한소의 시선이 정문으로 완전히 사라지는 남천밀가 정예들의 등을 좇았다.

"지금까지 그 어떤 위기도 없이 모든 일이 너무도 순조로웠다."

"완벽한 계획이었습니다."

여전히 아쉬운 마음이 남았는지 청공의 목소리가 살짝 높아졌다.

"완벽? 아니, 완벽한 계획이란 없다. 더구나 천하의 제갈세가 앞에선 더욱 그렇지. 너무도 순조롭기에 오히려 위화감이 느껴져. 노파심일 수도 있겠지만 만에 하나 일이 틀어진다면 제갈세가에 진입한 이들은 무사할 수 없다. 얼마나 끔찍하고 많은 위험이 기다리고 있을지 상상도 되지 않는구나."

한소가 몸을 부르르 떨더니 차가운 눈빛을 번뜩이며 말했다.

"공적? 제갈세가를 처음으로 무너뜨렸다는 명예? 죽음 앞에선 다 개소리에 불과한 것이야. 가져가라고 해. 대신 그만한 위험 부담도 지라고 하고."

한소의 말이 이어지는 가운데 제갈세가 내부에서 온갖 함성과 욕설, 병장기 소리가 들려오기 시작했다.

"흠, 이제야? 생각보다 반응이 늦군."

한소가 고개를 갸웃거렸다.

"제갈세가 역사상 이토록 빠르고 쉽게 공격을 허락한 적이 없었을 테니까요. 반응이 늦는 것도 당연하다고 봅니다. 그리고 설사 반응을 한다고 해도 정문으로 밀고 들어간 남천밀가 정예들의 전력을 감안하면 막아내기가 불가능할 것입니다."

남천밀가가 동원한 인원은 대략 팔십 정도다. 남천밀가의 규모를 생각하면 다소 적은 인원이지만 말 그대로 최정예들로 구성되었기에 어지간한 문파는 흔적도 없이 지워 버릴 수 있는 전력이었다.

청공의 말에 마정이 새쭉거리며 맞장구를 쳤다.

"제갈세가 따위는 동검일대만 밀고 들어가도 끝장이었습니다. 와룡대? 홍, 최근에 놈들의 전력이 강화된 것은 틀림없지만 아직은 어림도 없다고요. 진법으로 보호받지 못하는 제갈세가는 전혀 두려운 놈들이 아니란 말입니다."

마정은 역사에 이름을 남길 수 있는 순간을 한소의 쓸데없는 조심성 때문에 날려 버렸다고 여기는 것인지 답답함을 감추지 못했다.

바로 그때였다.

쿠쿠쿠쿵!

지축을 울리는 묵직한 진동음과 함께 부드러운 바람이 제갈세가 주변을 휘감고 사라졌다.

딱히 어떤 변화가 있는 것은 아니다. 활짝 열린 정문도 변함이 없었다.

"사부님, 뭔가 이상한데요."

마정이 한소 곁으로 다가오며 미간을 찌푸렸다.

더없이 심각한 표정으로 제갈세가를 바라보고 있던 한소가 제갈세가를 가리켰다.

"기운이 느껴지느냐?"

"기운이요?"

"지형지물은 그대로지만 주변을 에워싸고 있는 분위기가 확 바뀌었다. 모르겠느냐?"

"잘……."

마정이 말끝을 흐릴 때 청공이 경악에 찬 얼굴로 소리쳤다.

"하, 함성이 멈췄습니다. 아무런 소리도 들려오지 않습니다."

방금 전까지만 해도 선명하게 들려오던 온갖 외침과 욕설, 병장기 부딪치는 소리가 전혀 들려오지 않았다.

"음."

한소의 입에서 침음이 흘러나왔다.

팔십 명이 넘는, 그것도 하나같이 뛰어난 고수들이 공격을 했는데 그 어떤 소음도 들려오지 않는다는 것은 오직 하나의 이유뿐이다.

"당했군."

"예?"

"당했단 말이다."

마정이 이해를 하지 못하는 표정을 짓자 한소가 한숨을 내쉬며 제갈세가를 가리켰다.

"지금 저곳은 아마 지옥이 펼쳐져 있을 게다. 제갈세가에서 만들어놓은 지옥 속에서 허우적거리는 것은 아마도 남천밀가의 정예들이겠지."

"혹시 진법에 빠졌다는 말씀이십니까?"

청공이 놀라 물었다.

"그것이 아니라면 이토록 조용할 이유가 없다. 남천밀가의 정예들은 제갈세가가 파놓은 함정에 빠진 채 외부와 완벽하게 차단된 상황에서 죽음을 맞고 있을 것이다."

"어찌해야 합니까? 저들을 구하러 가야 하는 것입니까?"

청공이 다시 물었다.

"뭐 하러?"

"예?"

청공이 눈을 동그랗게 뜨고 되물었다.

"제갈세가가 준비를 했다면 이미 그것으로 상황은 끝난 것이야. 일차 정마대전이 벌어졌을 때 그토록 강력한 힘을 지녔던 패천마궁에서 엄청난 전력을 투입하고도 번번이 실패를 한 곳이 제갈세가. 고작 우리들로서 어찌해 볼 수 있는 상대가 아니다. 하물며 남천밀가 따위를 위해서 죽음을 각오한다? 어림없는 일이지."

차갑게 웃은 한소가 명했다.

"제갈세가의 일은 실패다. 즉시 철수한다."

한소의 말이 끝나기가 무섭게 정문 쪽에서 담담한 음성이 들려왔다.

"현명한 선택이외다."

"누구냐?"

청공이 잔뜩 경계하며 소리쳤다.

마치 처음부터 그곳에 있었다는 듯 정문에서 천천히 모습을 드러낸 사람은 제갈세가의 가주 제갈중이었다.

"눈치가 참으로 빠르구려. 아쉽게 되었소이다."

"제갈… 중."

한소가 자신도 모르게 주먹을 쥐고 입술을 꽉 깨물었다.

"처음 뵙는 것 같은데 본인을 아시오?"

제갈중이 한소의 얼굴을 차분히 살피며 물었다.

"비록 그대들이 판 함정을 간파하지는 못했지만, 제갈세가의 가주를 몰라볼 정도로 눈이 썩지는 않았네."

"하하! 영광이외다."

제갈중이 과장된 몸짓으로 허리를 숙였다.

"처음부터 우리의 계획을 파악하고 있었던가?"

한소가 물었다.

"조금 의심은 하고 있었소. 의심이 확신으로 변하는 계기는 따로 있었지만."

"확신으로 변하는 계기라. 말해줄 수 있겠나?"

한소는 이미 실패한 계획이지만 도대체 어디서부터 계획이 어긋난 것인지 무척이나 궁금했다.

"누구보다 열심히 탈주자들을 구해낸 친구가 내게 이런 말을 하더이다. 침옥을 탈출했다가 목숨을 잃은 자들의 몰골이 정말 형편없었다고. 대다수가 헐벗고 피골이 상접한 것이 도저히 사람의 몸이라고 할 수 없다고 했소. 한데 탈출에 성공한 자들은 그들과 다르다고 했소. 헐벗고 굶주렸으며 초췌한 모습은 비슷했지만 의외로 건강했다고 말이오. 마치 잘 먹고 편히 쉰 사람들처럼. 심지어 살이 통통하게 올랐다는 표현까지 했지, 아마. 사실 당시 그 친구는 자신의 얘기에 그다지 큰 의미를 두지 않았소. 오히려 건강한 몸을 유지했기에 탈출에 성공한 것 같다는 말도 했지. 하나, 듣고 있던 나로선 단순히 생각할 수가 없었소. 무슨 뜻인지 이해가 가시오?"

"……."

"오늘 아침, 당신들이 회유와 협박에 못 이겨 우물에 독을 타려던 어리석은 녀석에게서 참으로 많은 것을 들을 수 있었소. 녀석은 아직도 일부러 탈출을 시켜준 것은 아니라고 믿고 있더이다. 그래도 최소한 엇비슷한 몰골은 만들어놓고 탈출을 시켜야 하지 않겠소? 개천회가 제공하는 향락에 굴복한 자들과 끝까지 자존심을 지킨 자들을 그렇게 확연히 구분할 수 있도록 해놓고 탈출을 시키다니. 향락에 굴복한 자들의 수가 워낙 압도적이라 그랬던가. 아무튼 끝까지 자존심을 지킨 이들은 몇 되지도 않는 데다가 모조리 죽여 버릴 생각이었으니 그다지 신경 쓰지 않은 것 같은데. 아니오?"

"노부가 직접 관여한 것은 아니나 아마도 그랬을 것 같군."

고개를 끄덕인 한소가 자신들의 실수를 솔직히 인정하며 탄식했다.

"조금 더 치밀했어야 했어. 한심한……."

제갈중의 시선이 혀를 차는 한소에게서 떨어져 전옥에게 향했다.

"그대가 그 아이를 협박하고 회유했던 자로군."

전옥의 표정이 확 변했다.

"그, 그걸 어떻게……."

"어떻게? 의심이 확신이 된 순간부터 본 가는 단 한순간도 그 아이에게서 눈을 뗀 적이 없다."

제갈중이 피식 웃으며 말을 이었다.

"그대가 힘겹게 극락분에서 벗어난 그 아이를 다시 중독시키는 것도 지켜보았고, 그걸 빌미로 삼아 본 가를 배반하라 협박하는 것도 지켜보았다."

"맙소사!"

전옥은 자신의 모든 행동이 제갈세가로부터 감시를 받고 있었다는 말에 할 말을 잃었다.

"허! 세가의 식솔이 다시 중독되는 것을 그냥 지켜만 봤다는 말인가?"

제갈세가의 파격적인 행보에 한소는 놀라움을 감추지 못했다.

"다시금 극락분에 손을 뻗은 것은 전적으로 그 아이의 선택. 만약 유혹을 견뎠으면 상황은 달라졌을 것이오. 어떤 선택을 했던 간에 낚시는 성공을 했겠지만."

제갈중이 입꼬리를 살짝 말아 올리며 비웃음을 흘렸다.

"제갈세가가 눈치를 챘다면 결국 우리의 계획은 모조리 실패를 했다는 말이군."

한소의 탄식에 제갈중이 쓴웃음을 지으며 고개를 저었다.

"꼭 그렇지는 않을 거요. 우리가 의심한 점을 충분히 설명했음에도 대다수의 사람들은 억측이라며 믿지 않았으니까. 우리의 의심보다는 자신들의 핏줄을, 제자들의 말을 믿는 것은 당연한 이치. 물론 의심을 하고 추궁을 했던 이들도 있는 것으로 알지만 누가 자신의 치부를 토설하려 하겠소. 그렇다고 확실한 증거가 있는 것도 아닌데 고문을 할 수도 없는 것이고. 그래도 본 가의 아이가 다시금 극락분에 중독되었다는 말을 들은 이후엔 제법 많은 이들이 의심을 하고 대비를 하는 것 같기는 했소. 과연 얼마나 제대로 대응을 했을지는 알 수 없는 노릇이지만."

제갈중의 말대로였다.

제갈세가가 개천회의 음모에 대해 몇 번이나 주의를 주고 경고를 했음에도 많은 문파에서 무시를 했다. 그로 인해 중양절 아침, 침옥에서 탈출한 자들의 귀환을 눈물로 반겼던 여러 문파와 세가에서 피눈물을 흘리는 중이었다.

"과연 제갈세가, 무섭군."

제갈중을 가만히 노려보던 한소가 힘없이 명을 내렸다.

"퇴각한다."

한소의 명을 받은 동검일대는 즉시 퇴각을 하기 시작했다.

"하면 다음에 뵙도록 하겠소."

제갈중이 손을 흔들며 인사를 했다. 그런 제갈중의 모습에 눈동자 깊이 살기를 드러내며 몸을 돌리던 한소가 갑자기 걸음을 멈추고 물었다.

"한데 의심을 확신으로 변하게 만들었다는, 누구보다 열심히 탈주자들을 구했다는 자. 그자의 이름은 무엇인가?"

제갈중이 씨익 웃으며 말했다.

"잘 아는 이름일 거요. 풍월이라고."

"……."

잠시 말이 없던 한소가 허탈하게 웃으며 고개를 끄덕였다.

"그래, 왠지 그럴 것 같았네."

제79장

독중지성(毒中之聖)

"크하하하! 죽여라, 죽여!"

중양절 아침, 만독방과 개천회의 기습적인 공격으로 인해 안개에 휩싸인 채 조용히 아침을 맞고 있던 당가타는 순식간에 지옥으로 변해 버렸다.

정마를 대표하는 당가와 만독방은 비슷한 점이 많았으나 무림에서의 위상은 분명 달랐다.

당가가 독술과 암기술에 있어 천하제일로 인정을 받은 반면에 만독방은 당가의 그늘에 가려 늘 두 번째 취급을 받았다.

암기술은 그렇다고 해도 독술만큼은 당가에 절대로 밀리지 않는다고 자부하던 만독방으로선 억울하기 짝이 없는 노릇이었으나 그들이 아무리 목소리를 높여도 세간의 평가는 그리 쉽게 바뀌지 않았다.

그런 의미에서 제일차 정마대전은 세간의 평가를 뒤집을 수 있는 유일한 기회였다.

만독방은 치열하게 싸웠다. 독하기로 유명한 당가에서조차 치를 떨 정도로 집요하게 당가를 공격했다.

당가는 만독방의 공세에도 꺾이지 않았다. 오히려 제일차 정마대전에서 그 어떤 문파, 세가보다 뛰어난 활약을 펼치며 그 명성을 천하에 떨쳤고 반대로 만독방엔 영원한 이인자라는 굴레가 씌워지고 말았다.

하지만 바로 오늘, 만독방은 자신들에게 형벌처럼 씌워진 굴레를 벗어버릴 절호의 기회를 맞았다. 비록 개천회의 도움에 의한 것이기는 해도 상관은 없었다. 어차피 당가의 몰락이라는 결과가 중요한 것이었으니까.

"모조리 죽여라! 한 놈도 놓쳐선 안 될 것이다."

"잘하고 있군."

대장로 여편은 미쳐 날뛰는 독천단 부단주, 막위의 모습을 보며 흡족한 얼굴로 고개를 끄덕였다.

독천단이 무공을 익힌 남자들뿐만 아니라 무공을 익히지 않은 여인네와 아이들까지 도륙하고 있음에도 전혀 개의치 않았다. 애당초 개미 새끼 한 마리 살려두지 말라고 명한 사람이 바로 그였다.

"독천단주는 어찌하고 있느냐?"

"지금 막 당가로 진입했습니다."

"좋아, 막위에게 전해라. 최대한 빨리 정리하고 당가로 진입하라고."

"알겠습니다."

전령이 막위에게 달려가는 모습을 흐뭇하게 바라보던 여편이 고개를 돌려 개천회 쪽에서 공략하고 있는 곳을 바라보았다.

여전히 안개가 짙어 상황이 어찌 돌아가는지 정확히 알 수는 없었지만 끊임없이 비명이 들려오는 것이 그들 역시 제대로 공격을 하고 있는 것 같았다.

"흐흐흐! 오늘만큼은 기꺼이 네놈들이 원하는 사냥개가 되어주마."

당가의 몰락을 눈앞에 둔 지금 여편은 설레는 마음을 주체할 수가 없었다.

바로 그때, 예민한 그의 귓가에 상당히 이질적인 비명이 들려왔다.

여편이 비명이 들려온 곳을 향해 번개처럼 고개를 돌렸다.

마치 신음처럼 옅으면서도 길게 이어지는 비명이 연이어 들려왔다.

안개로 인해 무슨 일이 벌어지고 있는 것인지 명확히 알 수는 없었으나 그 비명이 당가타 주민의 것이 아니라는 것은 확실히 알 수 있었다.

"거기 있느냐?"

여편의 다급한 부름에 주변에서 호위를 서고 있던 사내들이 달려왔다.

"예, 장로님."

"당장 막위를 불러오너라. 어서!"

여편의 음성에 뭔가 심각한 일이 벌어지고 있음을 깨달은 호위가 재빨리 움직였다.

하지만 상당한 시간이 흘렀음에도 막위는 물론이고 그를 부르러 간 호위도 오지 않았다.

그사이에도 비명은 계속 이어지고 있었다.

"막위는 어째서 오지 않는 것이냐?"

"그것이……."

"뭣 하느냐. 무슨 일인지 당장 확인하여라."

여편의 외침에 또 다른 호위가 움직이려는 찰나, 그들 앞으로 몸뚱이를 잃은 머리 하나가 굴러왔다.

그것이 막위의 머리라는 것을 확인한 여편의 표정이 딱딱히 굳었다.

'어느새.'

막위 정도의 고수가 아무런 경고도 하지 못하고 당할 정도라면 상당한 고수의 출현을 의미하는 것이었다.

"과연 당가타. 세간에 알지 못하는 고수들이 많다는 말이 거짓이 아니었군. 누구냐? 당장 나와라."

막위가 주변을 둘러보며 소리쳤다.

막위의 말이 끝나기도 전에 그의 옆에 섰던 호위들이 갑자기 목을 부여잡고 비틀거렸다.

"대, 대… 장로님."

"독이……."

호위들은 몇 마디 남기지도 못하고 그대로 숨이 끊어졌다.

호위들이 비틀거리는 순간, 여편은 이미 호흡을 차단하고 물러섰다.

만독방의 대장로로서 여편 역시 독이라면 일가견이 있었다. 평생 동안 독을 다루었기에 내성 역시 타의 추종을 불허하는 수준이다. 하지만 사신처럼 은밀히 다가온 독 기운은 호흡을 차단한다고 막을 수 있는 것이 아니었다.

피부를 통해 몸에 침투한 독 기운이 몸을 빠르게 잠식하기 시작했다.

'이럴 수가!'

여편은 몸에 침투한 독 기운이 아무런 제지도 받지 않고 마음껏 활개를 치는 것을 느끼며 경악했다. 지금껏 경험해 보지 못한 독이었다.

'이, 이런 독이 있단 말인가!'

독이 움직일 때마다 상상도 할 수 없는 고통이 전해졌다.

"으으으!"

비틀거리는 걸음, 살짝 벌어진 입에서 고통의 신음이 흘러나왔다.

여편의 눈과 코, 입, 귀에서 피가 흘러나오기 시작했다.

"제법 버티네."

어느새 모습을 드러낸 여인, 채양흡정색혼술로 추망우의 모든 정기를 갈취하고 불귀의 객으로 만들어 버린 그녀가 흥미롭다는 얼굴로 말했다.

"누, 누… 구냐?"

여편이 한쪽 무릎을 꿇으며 힘겹게 물었다.

"글쎄, 내가 누굴까?"

여인이 얼굴의 반을 가린 머리카락을 뒤로 넘기며 웃었다.

흉측한 흉터는 여전했지만 퀭하게 파여 있던 눈은 달랐다.

흑요석으로 만든 의안(義眼)이 박혀 있었는데 흑요석에서 은은하게 피어나는 광채가 그녀의 모습을 더없이 섬뜩하게 만들었다.

"뒤따르는 사람들에게 물어 봐."

차갑게 웃은 여인이 가볍게 손짓했다.

그녀의 전신에서 피어오르던 은은한 향기가 손길을 따라 움직였다.

훅 치고 들어오는 향기에 여편은 순간적으로 정신이 아득해졌다. 단순히 피부로 전해지는 것과 직접 호흡을 했을 때 느껴지는 독의 위력은 비교조차 할 수가 없었다.

"도, 독향! 서, 설마. 도, 독중… 지… 성(毒中之聖)이란 말…인가!"

여편이 믿을 수 없다는 얼굴로 중얼거렸다.

대답은 들을 수가 없었다.

독중지성이란 말을 들은 당 여인이 엷은 미소와 함께 몸을 돌렸고, 힘없이 무너져 내리는 여편은 그녀를 돌려세울 힘이 없었다.

*　　　*　　　*

천지의 아름다운 풍광을 즐기며 한가롭게 국화주를 마시던 풍월과 그 일행에게 낯선 자가 가져온 한 장의 서찰은 오랜만의 휴식을 취하며 지치고 긴장된 심신을 달래던 그들의 마음에 평지풍파를 일으켰다.

일행은 모순을 필두로 그들이 잠시 머물렀던 화전민 마을을 향해 전력으로 달리기 시작했다.

모순은 왔던 길이 아니라 지름길로 일행을 안내했다.

짐승들이나 다닐 수 있을 만큼 좁고 험했으나 누구 하나 불평하지 않았다. 다만 아직 부상에서 완쾌되지 않은 구양봉은 굳이 무리를 하지 않고 뒤로 처졌다. 유연청과 황천룡이 그와 함께 움직였다.

반 시진 가까이 전력으로 달려 한 치 앞도 보기 힘든 밀림을 빠져나왔다.

아무렇게나 널브러져 쉬고 있던 한 무리의 사내들이 느닷없이 들이친 풍월 일행을 발견하곤 깜짝 놀라 일어났다.

풍월과 일행 또한 예상치 못한 장소에서 낯선 자들을 만나게 되자 당황한 기색이 역력했다.

숫자는 대략 오십. 그들의 험한 표정이나 손에 들린 병장기, 살기 어린 눈빛에서 결코 좋은 의도를 가지고 온 자들이 아님을 직감했다.

양측이 서로를 견제하며 멈칫할 때 풍월은 조금도 주저하지 않았다.

성큼성큼 걸어가며 물었다.

"누구냐, 네놈들은?"

무리에서 이탈한 사내가 건들거리며 앞으로 나섰다.

"네놈… 들? 간이 배 밖으로 나온 놈이구나. 감히 천랑단을… 컥!"

사내는 말을 잇지 못했다.

천랑단이라는 이름이 나오는 것과 동시에 풍월의 일격이 그의 가슴을 후려친 것이다.

외마디 비명을 내지르며 삼 장을 날아가 처박힌 사내는 몇 번인가 몸을 꿈틀거리다 이내 숨이 끊어졌다.

가슴이 짓뭉개져 숨이 끊어진 동료의 모습을 본 천랑단의 무리들은 마치 피를 본 이리 떼처럼 흉성을 폭발시켰다. 그들의 살기가 동료의 원수를 찾아 움직일 때 풍월은 이미 적진 한가운데로 뛰어들고 있었다.

묵운이 횡으로 움직였다.

빠르기가 섬전과 같았고 기묘하게 변하는 검의 궤적은 예측하기가 힘들었다.

순식간에 잘린 대여섯 개의 팔이 하늘로 치솟고 뒤를 이어 처절한 비명이 터져 나왔다.

매화검법으로 기선을 제압하는 것과 동시에 묵뢰를 던졌다.

묵뢰는 풍월이 움직이는 방향과 전혀 다른 방향으로 날아갔다.

"컥!"

"으악!"

가공할 속도로 날아간 묵뢰가 적들의 심장을 꿰뚫었다.

풍뢰도법 사초, 비도풍뢰다.

묵뢰는 눈 깜짝할 사이에 여섯 명의 심장을 관통한 뒤에야 풍월을 향해 되돌아왔다.

매화검법을 펼치며 적을 몰아치고 있던 풍월이 빙글 몸을 돌려 돌아오는 묵뢰를 낚아채는가 싶더니 회전하는 힘을 그대로 받아 재차 던졌다.

빛살처럼 날아간 묵뢰가 다시금 위력을 떨치는 사이 묵운이 춤을 췄다.

"마, 막아랏!"

"위험하다!"

"공격해!"

천랑단 무리들은 폭풍처럼 휘몰아치는 풍월의 공세에 제대로 대응을 하지 못한 채 온갖 외침을 비명처럼 토해냈다.

쾅!

강력한 충돌음과 함께 마침내 풍월의 움직임이 멎었다.

풍월은 묵운의 움직임을 화살로 막아낸 중년인을 가만히 응시하며 적들을 주살하고 돌아오는 묵뢰를 낚아챘다.

"기가 막히는구나."

풍월의 공격을 막아낸 중년인, 낭왕 야율진의 제자이자 차기 천랑단주의 자리에 가장 근접했다는 동유는 자신이 물러나며 남긴 발자국과 찢어진 손아귀를 보며 어이가 없다는 표정을 지었다.

발자국은 정확히 열두 개가 찍혔는데 그 깊이가 한 뼘에 이를 정도였다.

하지만 그보다 더 그를 황당하게 만든 것은 반 각도 되지 않는 짧은 시간 동안 자신에 대한 충성심이 깊고 용맹한 수하들이 절반 넘게 목숨을 잃었다는 것이다.

'빌어먹을!'

동유가 입술을 꽉 깨물었다.

천랑단주의 자리를 놓고 다투어야 하는 입장에서 그만한 손실은 치명적인 타격이었다.

"네놈이 풍월이냐?"

동유가 이를 갈며 물었다.

풍월이 무심한 얼굴로 동유를 바라보았다.

그 눈빛에 자신도 모르게 움츠러든 동유가 수하들의 시선을 의식하며 목소리를 높였다.

"나, 나는 천랑단의 귀궁설호(鬼弓雪虎) 동유라고 한다."

풍월은 동유가 아니라 모순에게 시선을 주었다.

"귀궁설호 동유, 천랑단주 낭왕의 대제자로 사부의 궁술을 그대로 이어받았다는 말이 있습니다. 성격은……."

풍월이 손을 들어 모순의 설명을 끊었다.

"인질로서 가치가 있습니까?"

"예?"

"인질로서 가치 말입니다."

"인질이라면… 아!"

풍월이 어째서 인질이란 말을 꺼냈는지 이해한 모순이 고개를 끄덕였다.

"명색이 낭왕의 대제자입니다. 낭왕의 사라진 지금 누구보다 낭왕의 대를 이을 가능성이 큽니다. 북해빙궁에서도 함부로 하지는 못할 것입니다."

"가치가 있다는 말이군요."

간단히 결론을 내린 풍월이 묵운을 동유에게 가리키며 말했다.

"운이 좋았다. 인질로서의 가치, 그것이 너를 살렸다."

낭왕의 복수를 하는 자에게 힘을 실어주겠다는 장로 회의의 선언에 눈이 뒤집혀 다른 경쟁자들보다 훨씬 빨리 장백산으로 달려온 동유의 운명은 그렇게 결정되었다.

*　　　*　　　*

"으음."

나직한 신음과 함께 물러나는 여일회가 가슴을 쓰다듬었

다. 제대로 맞지 않았음에도 엄청난 충격이 느껴졌다. 만약 반응이 조금만 늦었어도 가슴이 짓뭉개져 그대로 숨통이 끊어졌을 터였다.

"운이 좋았구나!"

당개가 가소롭다는 웃음을 지으며 재차 달려들었다.

여일회는 자신이 지닌 모든 재주를 동원하여 당개와 맞섰지만 그가 태어나기도 전부터 당가를 대표하는 신진고수로 명성을 떨쳤던 당개를 혼자 상대하기란 분명 역부족이었다.

'모두가 중독될 것이라 생각을 하지는 않았으나 하필이면 이런 노물이 멀쩡하다니.'

여일회는 당개가 산공독에 중독되지 않은 것이 이번 작전의 가장 큰 변수가 될 것이라 여기며 주변을 돌아봤다.

생각보다 중독되지 않은 당가의 무인들이 많았다.

저마다 치열한 싸움을 펼치느라 자신을 도와줄 만한 사람이 보이지 않았다. 설사 여력이 있다고 해도 당개를 상대할 만한 고수가 보이지 않았다. 장로 막효도 꽤나 고전을 하고 있었고, 독천단주 편결은 수하들을 독려하느라 정신이 없었다.

'형님, 대체 무엇을 하시는 게요. 제길!'

여일회는 아직 도착하지 않은 여편을 초조하게 기다리며 황급히 몸을 틀었다. 당개의 매서운 장력이 날아들었기 때문이다.

그때, 뒤편에서 낭랑한 음성이 들려왔다.

"제가 돕겠습니다."

말이 끝나는 것과 동시에 날아든 검이 당개의 손목을 노렸다.

깜짝 놀란 당개가 황급히 팔을 회수하며 갑자기 끼어든 상대를 노려보았다.

"네놈은 누구냐?"

당개의 물음에 대답하지 않은 몽교가 뒤에 따라붙은 은검단주 숭전에게 명했다.

"소수의 인원만 남기고 즉시 내원으로 진입해라. 아직까지 모습을 드러내지 않은 수뇌들을 모조리 제거해."

"알겠습니다."

숭전이 손짓으로 두 개 조를 남기고 곧바로 안쪽으로 이동하기 시작했다.

"숭전이 감당 못 할 고수가 있을 수도 있습니다. 부탁드립니다, 형님."

몽교가 커다란 칼을 어깨에 턱 걸치고 있는 호법 능자호에게 말했다.

"걱정하지 마라. 모조리 쓸어버릴 테니까. 한데 십장로님은 어떻게 된 거냐?"

"모르겠습니다."

"흠, 이상한 일이네. 다른 곳이라면 몰라도 당가를 치는 일에 결코 빠지실 분이 아닌데. 아무튼 수고해라."

몽교의 어깨를 툭 친 능자호가 숭전을 따라 안쪽으로 걷기 시작했다.

"이놈들!"

당개가 노호성을 터뜨리며 그들의 앞을 막으려 했다. 하지만 그의 움직임보다 몽교의 검이 빨랐다.

"네… 놈."

당개는 자신의 찢어진 앞섶을 보고는 놀라움을 감추지 못했다.

나이 서른에 개천회의 호법이 된 몽교의 실력은 당개마저 함부로 움직이지 못하게 만들 정도로 대단했다.

당개의 움직임을 제지한 몽교가 남겨진 은검대원들을 향해 빠르게 명을 내렸다.

"너희들은 만독방을 도와라. 서로 간에 실수가 있을 수 있으니 신중히 접근하고."

"알겠습니다."

이십 명의 은검단원들이 만독방을 돕기 위해 이동하자 몽교는 그제야 여일회를 향해 고개를 돌렸다.

"죄송합니다. 허락도 받지 않고 끼어들었습니다."

"아, 아닐세. 덕분에 살았네."

몽교의 도움이 아니었으면 크게 낭패를 당했을 터. 여일회는 자존심을 내세우지 않았다.

여일회의 담대한 모습에 몽교의 눈에 이채가 떠올랐다.

"도와주시겠습니까? 제가 혼자 상대하기엔 버거울 것 같습니다."

전혀 예상치 못한 몽교의 요청에 여일회가 복잡한 눈빛으로 그를 바라보았다.

조금 전에 보여주었던 실력이라면 당개와 능히 자웅을 겨룰 수 있는 실력자였다.

홀로 당개를 쓰러뜨려 천하에 명성을 떨칠 수 있음에도 그럴 기회를 버리는 이유를 쉽게 떠올릴 수가 없었다.

그런 여일회의 마음을 읽기라도 한 듯 몽교가 몇 마디 말을 덧붙였다.

"당가입니다. 지금에야 운 좋게 우위를 잡고 있다고 해도 앞으로 어떤 상황이 벌어질지 모릅니다. 기회가 있을 때 최대한 빨리 쳐야 합니다."

몽교의 말에 여일회는 자신도 모르게 낯빛을 붉혔다.

"그렇군. 지금은 쓸데없는 생각을 할 때가 아니지. 알겠네. 부족하나마 거들도록 하지."

"감사합니다."

가볍게 고개를 숙인 몽교가 당개를 향해 검을 세웠다.

눈앞의 몽교와 좌측으로 이동하는 여일회를 힐끗 바라본 당개가 코웃음을 쳤다.

"비겁함은 쥐새끼들의 특징이지. 덤벼라! 네놈들 뜻대로 되지는 않을 것이다!"

말은 그리하면서도 당개는 어두운 기색을 감추지 못했다.

단 한 번의 충돌이었으나 몽교의 실력이 어떠할지 느낄 수 있었다.

목숨을 걸고 싸워도 쉽게 승리를 장담할 수 없는 상대였다. 게다가 여일회 또한 보통 고수가 아니다. 죽을힘을 다해 막겠지만 둘의 합공이라면 승리가 아니라 얼마나 버텨내느냐가 문제였다.

'가주, 빨리 해결 방법을 찾아야 할 것이네. 그렇지 않다면…….'

고개를 힘껏 흔들며 애써 불길한 마음을 지운 당개가 양팔을 활짝 펼치며 소리쳤다.

"덤벼라!"

* * *

"기다릴 만큼 기다렸어요. 이제 이동해요."

북리연이 짜증을 내며 자리를 박차고 일어났다.

"어디로 가자는 것이냐?"

북리연호가 물었다.

"어디긴요. 천지지."

"지금 천지로 이동한다고 만날 수 있는 것이 아니지 않느냐?"

"그러니까 애당초 이곳에 주저앉을 것이 아니라 처음부터 천지로 달려갔어야 했어요."

북리연이 신경질을 내며 노려봤지만 북리연호는 눈 하나 깜짝하지 않았다.

"그래 봤자 당장 만날 가능성이 없었다. 여전히 꽁무니만 쫓을 뿐이지. 그나마 놈들에게 가장 근접해 있던 척후를 통해 놈들을 불러들이는 것이 쉽고 편한 방법이었다. 그랬기에 너도 허락을 한 것이고."

"문제는 놈이 오지 않았다는 것이잖아요. 당숙 같으면 오겠어요. 함정이 뻔한 곳으로."

북리연의 시선이 한쪽 구석에 처박혀 덜덜 떨고 있는 가족에게 향했다.

얼굴 곳곳에 세월의 고단함이 그대로 드러난 부모들이 이제 겨우 일고여덟 살 정도 되어 보이는 남매를 꽉 끌어안고 있었다.

"흥! 화전민 따위가 뭐라고."

북리연과 시선이 마주친 가족들이 흠칫 놀라며 전신을 파르르 떨었다. 그들의 얼굴엔 죽음에 대한 공포가 가득했다.

"놈들을 찾아간 척후에게선 연락이 없었느냐?"

북리연호의 물음에 비추홀이 북리연의 눈치를 살피며 대답했다.

"아직 없었습니다."

"정말 안 오려는 것인가?"

"오겠냐고……."

소리를 지르려던 북리연이 갑자기 입을 다물더니 갈대로 덧댄 창문을 향해 고개를 홱 돌렸다.

"왜 그러느냐?"

북리청강이 의아한 얼굴로 물었다.

"왔어요. 당숙이 옳았네요."

환히 웃으며 대답한 북리연이 가볍게 손짓을 하자 한쪽 벽면이 통째로 날아갔다.

갑작스러운 소란에 주위에서 쉬고 있던 자들이 깜짝 놀라 일어났다.

"무슨 일이십니까?"

목숨으로 북리연을 호위하라는 궁주의 명을 받고 북리연을 따라온 호천단 부단주 북리승이 황급히 달려와 물었다.

"왔다. 준비해라."

"왔다면… 놈입니까?"

"그래."

북리승은 더 이상 묻지 않았다. 곧바로 자신을 바라보는 수하들을 향해 손짓을 했다.

북리승의 신호가 떨어지자 호천단원들이 즉시 무기를 빼들며 주변을 경계했다.

잠시 후, 북쪽 숲의 수풀이 갈라지며 풍월이 모습을 드러냈다. 혼절한 동유를 짊어진 공각과 형웅이 그 뒤를 따랐다.

풍월은 만반의 준비를 갖추고 자신을 기다리는 북해빙궁 무리를 살폈다.

숫자는 조금 전 박살을 내버린 천랑단과 비슷했다. 하나 개개인이 풍기는 기세가 하늘과 땅 차이였다. 특히 자신을 쏘아보는 여인과 그녀를 호위하듯 서 있는 두 명의 노인에게서 느껴지는 기운은 가공할 정도였다.

"아미타불!"

나직한 불호와 함께 동유를 땅바닥에 내팽개친 공각이 조금씩 이동하며 자신들에게 유리한 포진을 구축하려는 호천단원들을 보고 차갑게 웃었다.

"북해빙궁, 오랜만에 보는군. 특히 저 늙은이의 상판은 절대 잊을 수가 없지."

평소 말이 많아 문제였지, 구양봉만큼이나 낙천적인 성격을 지니고 있던 공각의 음성에 살기가 가득하자 풍월이 의외라는 표정으로 슬쩍 고개를 돌렸다.

"사연이 있는 모양이네요."

"사연? 있지. 내게 세상에서 가장 향기로운 곡차를 빚는 방법을 알려준 사숙께서 저 늙은이에게 당하셨다. 당연히 원수를 갚았어야 하는데 실력이 부족해서 그럴 수가 없었어. 달마동에서 나와선 바로 네게 합류하느라 기회가 없었고."

분노로 가득한 공각의 시선은 북리연호에게 고정되어 있었다.

"오늘 갚으면 되겠네."

짧게 말한 풍월이 동유의 머리에 발을 올려놓으며 물었다.

"마을 주민들은 어디에 있지?"

"네가 풍월이지?"

북리연이 한 걸음 나서며 되물었다.

"마을 주민들은 어디에 있냐고 물었다. 설마……."

풍월의 눈빛이 섬뜩해지자 북리연이 어이없다는 표정을 지었다.

"당숙의 말대로네. 진짜 저들 때문에 왔어."

북리연이 손짓하자 호천단원들이 집에 갇혀 있던 마을 사람들을 데려왔다.

"아저씨!"

부모 품에 안겨 있던 꼬마가 풍월을 보며 소리쳤다.

"괜찮아?"

풍월이 미소를 지으며 물었다.

강이라 불린 꼬마가 불안한 눈초리를 감추지 못하면서도 고개를 끄덕였다.

"걱정하지 마. 아저씨가 구해줄 테니까."

꼬마가 다시금 고개를 끄덕였다.

"재미있는 말을 하네."

북리연이 꼬마에게 슬며시 다가가 머리 위에 손을 얹었다.

"이 아이, 그래, 저들 모두의 목숨을 걸고 무릎을 꿇으라면 어떨까? 그것도 재미있을 것 같은데."

북리연이 재미있다는 얼굴로 풍월을 응시했다.

"싫어? 싫으면……."

북리연이 차가운 미소를 지으며 손아귀에 힘을 주려는 찰나였다.

"해 봐. 감당할 자신 있으면."

"무슨 소리지?"

"정확히 백 배, 아니, 천 배로 갚아준다."

너무도 무심하여 오히려 소름이 끼치는 음성이다.

북리연은 풍월의 말을 듣는 순간 정말 그렇게 될 것 같은 느낌을 받았다.

자신도 모르게 꼬마의 머리에서 손을 뗀 북리연이 어색한 미소를 지으며 말했다.

"감당할 자신이야 당연히 있지만 재미가 없을 것 같네. 사과할게. 쓸데없는 생각을 했어."

꼬마를 한쪽으로 치운 북리연이 만년교룡의 가죽으로 만든 채찍을 가볍게 휘두르며 말했다.

"이쪽이 훨씬 재미있지. 또한 네놈 손에 당한 당고모를 위해서라도 그 몸뚱이를 갈가리 찢어버려야 하거든. 그래야 마음이 좀 풀릴 것 같기도 하고."

번개처럼 날아든 채찍이 바로 옆을 후려침에도 풍월은 손가락 하나 까딱하지 않았다.

"얼마든지 상대해 준다. 일단 주민들은 풀어줘라."

"그럴 이유가……."

북리연이 비웃음을 흘릴 때 풍월이 발 밑에 있던 동유를 그녀에게 걷어찼다.

"뭐지? 그렇잖아도 궁금하긴 했어."

"인질 교환이다."

"인질?"

고개를 갸웃거린 북리연이 납작 엎드린 채 쓰러져 있는 동유의 몸뚱이를 앞으로 뒤집었다.

"귀궁… 설호?"

북리연호가 놀란 표정으로 다가왔다.

"알아요, 이놈?"

북리연이 동유의 머리를 발끝으로 툭툭 건드리며 물었다.

"낭왕의 제자다."

"낭왕의 제자가 왜 이 꼴로 있는 거죠?"

북리연이 어이가 없다는 얼굴로 물었다.

"다들 경쟁적으로 이곳을 향해 달려오고 있다고 했잖아. 누구보다 서두른 것 같은데……."

북리연호는 동유의 머리를 밟아버리려는 북리연의 모습에 기겁하며 그녀의 팔을 황급히 잡아당겼다.

"안 돼! 그래도 낭왕의 제자다. 놈을 죽이면 천랑단은 자신들의 체면이 무시당했다고 여길 거다."

"무시해도 되지 않아요?"

태연하게 묻는 북리연에게 북리연호가 정색을 하며 말했다.

"절대로 안 된다. 천랑단은 본궁에게 꼭 필요한 곳이다."

"알았어요. 별일도 아닌 것 같고, 그렇게 정색할 건 없잖아요."

북리연호에게 눈을 흘긴 북리연이 풍월에게 말했다.

"인질 교환을 하자고 했지? 좋아, 받아들이지."

북리연이 동유의 몸뚱이를 거칠게 걷어차곤 북리승에게 손짓했다.

"보내줘."

겁에 잔뜩 질린 마을 사람들이 호천단원들의 손에 끌려 나왔다.

풍월이 마을의 가장 큰 어른인 연 노인에게 고개를 숙인 뒤 사과했다.

"저희들 때문에 죄송하게 됐습니다. 잠시 피해 계세요. 오래 걸리지 않을 테니까."

"아, 알았네."

연 노인이 어쩔 줄을 몰라 하는 주민들을 이끌고 황급히 숲으로 들어갔다.

"다른 말은 몰라도 오래 걸리지 않는다는 말은 아주 마음에 들어."

북리연이 허공에 채찍을 휘두르며 말했다.

채찍이 움직일 때마다 날카로운 파공성이 터져 나왔다.

유난히 큰 파열음과 함께 채찍의 방향이 풍월에게 향했다.

엄청난 속도로 짓쳐드는 채찍을 보며 풍월의 눈빛이 차갑게 빛났다.

*　　　　*　　　　*

"쿨럭! 쿨럭!"

힘없이 벽에 기댄 당개가 연신 기침을 해댔다.

기침을 할 때마다 검붉은 피를 토해냈다. 토해낸 피엔 잘게 잘린 내장 조각이 섞여 있었다.

겉으로 드러난 외상은 가슴에 박힌 검 하나가 전부였지만 내부는 이미 산산조각이 난 상태였다.

"아… 직 끝… 나지 않… 았다."

당개가 필사적으로 호흡을 가다듬으며 등진 벽을 밀어내고 적들을 향해 걸음을 내디뎠다.

"참으로 지독한 늙은이가 아닌가!"

자신도 모르게 한 걸음 물러난 여일회가 질린 표정으로 고개를 흔들었다.

여일회의 모습은 외견상 당개보다 훨씬 좋지 못했다.

왼쪽 어깨에 뼈가 드러날 정도로 깊은 상처를 입었고 몸 곳곳에서도 피가 흘러내리고 있었다.

함께 싸운 몽교에게 못난 꼴을 보여주기 싫어 억지로 버티고는 있지만 당장 주저앉아 운기조식을 해야 할 정도로 내상도 심했다.

"마지막 발악에 불과합니다. 하지만 정말 존경스럽군요. 저 정도의 부상이면 움직이는 것 자체가 불가능할 텐데."

당개의 의지에 진심으로 감탄을 한 몽교가 그의 가슴에 박힌 검을 회수하고자 손을 뻗었다.

몽교의 움직임을 뻔히 보면서도 당개는 아무런 반응도 하지 못했다.

검이 뽑히면서 피가 폭포수처럼 뿜어져 나왔다.

검이 뽑힐 때의 충격 때문인지 당개의 몸이 크게 흔들렸다.

힘없이 무너지는 당개의 모습을 보며 혀를 찬 몽교가 몸을 돌렸다.

바로 그때였다.

뭔가 섬뜩한 기운이 접근했다.

생각할 겨를도 없이 본능적으로 몸이 움직였다.

튕기듯 몸을 날린 몽교가 한참이나 바닥을 굴렀다.

"무슨……."

몽교를 향해 입을 열려던 여일회가 고개를 홱 돌렸다.

그의 눈에 힘없이 쓰러지던 당개의 몸을 받아 드는 여인의 모습이 들어왔다.

당가타를 공격하고 있던 만독방의 무인들과 여편을 간단하게 잠재운, 바로 그녀였다.

"네년은 누구야?"

여일회가 굳은 표정으로 물었다.

그는 당개를 부축할 때까지 그녀의 존재를 전혀 눈치채지 못했다는 것에 경악하고 있었다.

여일회의 물음을, 아니, 그의 존재 자체를 무시한 여인이 당개의 몸에 진기를 주입했다.

살릴 가능성이 없다는 것은 그녀도 알고 있다. 그저 몇 마디 말이라도 나누고 싶을 뿐이었다.

죽은 듯 감겼던 당개의 눈꺼풀이 천천히 움직였다.

"정신이 들어, 왕할아버지?"

촌수로 따지자면 증조부뻘이지만 여인은 어려서부터 당개를 그렇게 불렀다.

"누구……."

흐릿했던 당개의 눈에 생기가 돌기 시작했다.

회광반조다.

자신을 안고 있던 여인을 가만히 바라보던 당개의 눈이 휘둥그레졌다.

"너, 너!"

"오랜만이야, 왕할아버지."

여인, 당령이 당개를 향해 환한 미소를 지어 보였다.

"주, 죽었다고 들었는데."

"죽을 뻔했지."

당령이 머리카락에 가려진 얼굴의 흉터를 드러냈다.

당개는 눈이 부실 정도로 투명하고 아름다운 눈동자가 있던 곳에 흑요석이 박혀 있는 것을 보며 혀를 찼다.

"쯧쯧, 그 예쁜 얼굴이 어쩌다가……."

"벌 받은 거지 뭐."

당개는 벌이라는 그녀의 말에 흠칫 놀랐다.

당령이 어째서 죽었다는 소문이 나게 되었는지, 천문동에서 같은 핏줄에게 무슨 짓을 했는지가 떠오른 것이다.

"사실이었더냐?"

순간적으로 멈칫한 당령이 쓴웃음을 지으며 말했다.

"어느 정도는. 하지만 처음부터 손을 쓸 생각은 없었어. 어쩌다 보니 그렇게 되고 말았네."

"……."

"나도 알아. 내가 얼마나 큰 잘못을 했는지. 하지만 당호 오라버니도 정상은 아니었어. 지금 생각해 보면 만독마존의 무공 앞에 서로가 미쳤던 것 같아."

당령은 에둘러 자신을 변호했다.

어차피 당시의 상황을 정확하게 본 사람은 아무도 없었다. 심지어 그녀의 치부를 폭로한 풍월조차도 정황으로 추측할 뿐이었다.

"그랬… 더냐."

독공을 배운 자로서 만독마존의 무공을 접하게 되면 누구라도 눈이 뒤집힐 터. 당가의 미래를 이끌 인물들이 만독마존이 남긴 무공에 홀려 아귀다툼을 벌인 참담한 광경을 떠올리자 절로 탄식이 터져 나왔다.

"하! 못된 것. 곧 죽을 할애비한테 거짓말이라도 그렇지 않다고 해주면 덧나는 것이냐?"

"왕할아버지 앞에서 거짓말 못 하는 거 알잖아. 해도 금방 들통이 나고."

"그렇지. 넌 그랬… 던 아… 이… 였어."

당개의 목소리가 급격히 작아지고 눈빛이 흐려졌다.

마지막이 다가옴을 직감한 당령이 당개를 안은 팔에 더욱 힘을 줬다.

"본… 가가 위험… 에… 막아야……."

죽는 순간까지도 당가의 운명을 걱정하는 당개의 모습에 괜히 마음이 아렸다.

당령이 당개의 귀에 얼굴을 가져가 속삭이듯 말했다.

"걱정하지 마. 나, 그 옛날 왕할아버지가 설명해 주었던 만독지체를 이루고 독중지성의 경지에 이르렀어. 왕할아버지가 걱정하는 일은 절대 일어나지 않아. 약속할게."

거칠게 숨을 헐떡이던 당개의 호흡이 순식간에 가라앉았다. 고통스럽게 일그러지던 표정도 더없이 편안하게 바뀌었다.

숨이 멎은 당개를 한참이나 안고 있다가 그가 아무런 걱정도 없이 편안히 죽음을 맞이했다는 것을 확인한 당령이 입가에 지었던 미소를 지우며 천천히 일어났다.

"기다려 줘서 고맙다고 해야 하나?"

당령이 몽교와 여일회를 쓰윽 훑어보았다.

그녀의 차가운 눈빛을 본 몽교와 여일회의 몸이 절로 떨렸다.

"고통스럽게 죽이진 않을게."

"너! 설마!"

몽교가 경악으로 가득 찬 표정으로 소리쳤다.

"이제 알아보는 거야? 섭섭하네."

당령이 몽교를 향해 교태스러운 웃음을 흘렸다.

"맙소사!"

몽교는 당령이 추망우가 노리개처럼 부리던 여인이라는 것을 확인하고는 비명을 터뜨렸다.

옷차림부터 목소리, 풍기는 분위기가 전혀 달랐기에 동일인이라고는 상상도 할 수 없었다.

"시, 십장로님을 어찌한 것이냐?"

"추망우?"

당령이 피식 웃으며 말했다.

"뒈졌지. 내 품에서 헐떡이다가. 섭섭해하지는 마. 이제는 당신들 차례니까."

그녀가 웃으며 손을 뻗자 그녀의 손끝에서 녹색의 기류가 흘러나왔다.

"덕분에 원하던 것을 손에 넣었지. 물론 그동안 시달린 것에 대한 보상이기도 하지만."

몽교와 여일회는 당령의 말을 듣고 있을 여유가 없었다. 그녀의 손끝에서 흘러나온 녹색 기류가 그들의 생명을 위협하고 있었기 때문이다.

여일회는 물론이고 추망우를 곁에서 모셨던 몽교 역시 그것이 얼마나 위험한지 알 수 있었다.

재빨리 호흡을 차단하고, 그것도 부족해 전신에 호신강기를 둘러 혹여라도 피부를 통해 중독되는 일이 없도록 조치했다. 하지만 그녀가 내뿜은 독기는 호신강기에 막힐 정도의 수준이 아니다.

몽교와 여일회는 호신강기를 뚫고 들어오는 독기에 경악하며 전력을 다해 내력을 운기했다.

독공을 익히지 않은 몽교는 몸에 침투한 독기를 몰아내는데 어느 정도 성공을 했는데, 만독방의 장로로서 독공에 일가견이 있는 여일회는 어찌 된 일인지 속수무책으로 당하고 있었다.

여일회의 얼굴엔 의문과 고통이 가득했다.

그는 자신에게 벌어지는 일을 전혀 이해하지 못했다. 하나 이는 어쩌면 당연한 것이었다.

화산에서 심각한 부상을 당해 사실상 모든 무공을 잃고 추망우의 노리개로 전락한 당령. 그녀는 추망우가 부리는 자들을 채양흡정색혼술이라는 희대의 색공으로 유혹해 진기를 조금씩 빼앗으며 잃어버린 무공을 회복하고자 했다. 혹여라도 추망우가 눈치를 채면 안 되기에 그들의 목숨을 빼앗지는 않았으나 매일같이 꾸준히 진기를 취한 덕분에 무공 회복이 상당히 빨랐다. 더불어 만독마존이 남긴 독공을 죽을힘을 다해 파고들었다.

그렇게 인고의 세월을 보내던 어느 날, 당령은 느닷없이 찾아온 깨달음 덕분에 만독마존이 남긴 독공을 완벽하게 깨우친 것은 물론이고 무공까지 완벽하게 되찾을 수 있었다. 아니, 그동안 흡수한 진기까지 더해져 과거와는 비교도 할 수 없을 정도로 막강한 힘을 손아귀에 넣었다.

거기에 추망우의 진기까지 모조리 자신의 것으로 만듦으로써 마침내 만독지체를 이루고 독중지성의 경지에 오른 것이다.

만독마존의 무공을 고스란히 이어받고 그녀조차도 대성하지 못한 독공을 완성시킨 당령.

만독방의 시작이 사실상 만독마존이라고 보았을 때 여일회나 이미 목숨을 잃은 여편 등이 만독마존의 무공을 이어받아 독중지성에 오른 당령의 독공에 속수무책으로 당하는 것은 너무도 당연한 일이었다.

"죽어랏!"

몽교가 당령을 향해 검을 날렸다.

쾌검 하나로 개천회의 호법이란 지위를 얻었을 정도로 그의 검은 빠르고 날카로웠다.

당령이 몽교의 공격을 감지했을 때, 그의 검이 이미 그녀의 목을 베어오고 있었다.

그 순간, 축 늘어져 있던 그녀의 머리카락이 치솟더니 몽교의 검을 휘감았다. 일부는 몽교를 직접 노리며 움직였다.

깜짝 놀란 몽교가 황급히 검을 회수하려 했으나 마치 그물에 걸린 것처럼 꼼짝도 하지 않았다.

검을 버리고 물러난 몽교는 머리카락이 스친 손가락이 순식간에 괴사하기 시작하자 품에서 비수를 꺼내 미련 없이 손가락을 잘랐다.

몽교가 손가락을 자르는 사이, 당령이 내뿜은 독에 완전히 중독되어 칠공에서 검은 피를 줄줄 흘리던 여일회가 마지막 공격을 감행했다.

파육멸살(破肉滅殺).

만독방의 무인들이 최후의 순간에 감행하는 동귀어진의 수법이다.

수백, 수천 조각으로 갈가리 찢긴 골육이, 스치기만 해도 목숨을 걱정해야 할 정도로 위험한 극독을 품고는 당령을 덮쳤다.

하지만 그 어느 것도 당령의 몸에 닿지 못했다.

당령의 몸에서 피어난 은은한 녹광이 그녀를 향해 짓쳐오는 골육의 파편들을 모조리 소멸시켜 버렸기 때문이다.

"괴, 괴물이 되었구나!"

몽교가 머리카락을 사방으로 흩날리며 다가오는 당령을 보며 이를 악물었다.

"듣기 좋은 말은 아니지만 딱히 틀린 말도 아니네."

비웃음을 흘리며 다가오는 당령의 뒤쪽에서 은검단원들이 덤벼들었다. 만독방을 도와 당가의 문인들을 공격하던 자들 중 일부가 몽교의 위기를 보고 달려온 것이다.

"하루살이 같은 것들."

당령은 귀찮다는 듯 손은 저었다.

그녀의 손에서 흩날리는 향기가 그들을 덮쳤다.

"호흡을 멈추고 당장 물러나랏!"

몽교가 대경실색하여 외쳤지만 이미 늦었다.

"컥!"

"크헉!"

향기를 흡입한 은검단원들의 입에서 외마디 비명이 흘러나왔다.

부릅뜬 눈, 입은 쩍 벌어지고 얼굴은 고통스럽게 일그러졌다.

목과 가슴을 부여잡고 비틀거리던 은검단원들의 칠공에서 피가 흘러나오기 시작하고 힘없이 쓰러지기 시작했다.

당령이 뿌린 향기를 마시고 숨이 끊어질 때까지 걸린 시각은 그야말로 촌각에 불과한 것. 단 세 걸음 만에 모조리 목숨을 잃은 것이다.

"이럴 수가!"

망연자실한 몽교. 그의 뇌리에 언젠가 추망우가 농담처럼 던진 말이 떠올랐다.

몸의 향기, 내뱉는 숨결만으로도 상대를 격살시킬 수 있다면 천하제일, 아니, 고금제일을 다툴 수 있지 않겠느냐. 만독지체를 이루고 독중지성의 경지에 이르면 능히 그럴 수 있다. 다만 무림사에 그만한 경지에 이른 자는 없었으니 그 또한 정확한 것은 아니다만.

"장로님의 말씀이 맞았구나. 사람의 몸에서 어찌 저런 지독한 독이……."

독중지성이 정확히 뭔지는 알지 못한다. 하지만 몽교는 눈앞의 당령이 어쩌면 추망우가 말했던 독중지성의 경지에 이른 것이 아닌가 생각했다.

"하! 미치겠네! 하필이면……."

무림사에 처음으로 등장한 독중지성.

몽교는 자신에게 닥친 불운에 어처구니없는 웃음을 흘리고 말았다.

제80장

금의환향(錦衣還鄕)

꽝!

북리연의 채찍과 묵뢰가 허공에서 부딪쳤다.

북리연이 채찍에 내력을 주입하며 손목을 살짝 틀었다. 순간, 방향을 잃고 흔들리는 채찍이 묵뢰를 휘감으며 치솟았다.

풍월이 묵뢰를 잡아당겼으나 나무를 타고 오르는 덩굴처럼 묵뢰를 칭칭 감은 채찍의 힘이 생각보다 강했다. 정확히는 채찍을 움직이고 있는 북리연의 내력이 만만치 않다는 것을 의미했다.

풍월이 묵뢰의 방향을 바꿔 땅에 내리꽂았다.

채찍을 떨쳐내는 대신 아예 무력화시켜 버리겠다는 생각이다.

묵뢰가 땅에 깊이 박히며 동시에 묵뢰를 감고 있던 채찍의 움직임이 봉쇄되자 묵뢰를 버린 풍월이 팽팽히 당겨져 있는 채찍 위로 올라타더니 그대로 북리연을 향해 달렸다.

그야말로 초상비를 능가하는 절정의 경공술.

묵뢰를 버린 풍월의 손에는 어느새 묵운이 들려 있었다.

위기를 벗어나려면 채찍을 버려야 하는 상황이지만 북리연은 그러지 않았다. 오히려 가소로운 웃음을 지으며 채찍에 더욱 내력을 집중시켰다.

팽팽히 당겨져 있던 채찍에서 눈에 보이지도 않을 정도로 작은 가시가 촘촘히 삐져나왔다. 북리연을 향해 막 묵운을 휘두르던 풍월은 그걸 눈치채지 못했다.

"윽!"

풍월의 입에서 나직한 신음이 흘러나왔다.

황급히 물러나는 그의 얼굴에 당황함이 묻어났다.

햇빛에 투명하게 빛나는 가시들을 보며 풍월은 발바닥에서 시작되는 고통이 어디서 시작된 것인지 바로 깨달을 수 있었다.

애당초 가시 자체가 길지 않고 크지도 않았기에 상처는 깊지 않았다.

그저 가시에 박힌 정도다.

하지만 가시에 독이 묻어 있다면 상황이 달라진다. 그것도 만년설에서만 자생하는 만년설지(萬年雪芝)의 진액을 가공해 만든 독이라면 더욱 그렇다.

만년설지는 그 자체로 영약(靈藥)이라 할 수 있을 정도로 손꼽히는 영초(靈草)다.

그 진액은 가공하기에 따라 죽은 사람도 살릴 수 있을 정도의 영약이 되기도 하고, 한 방울만으로도 마을 하나를 사지(死地)로 만들어 버릴 수 있는 지독한 독이 되기도 한다.

채찍에 솟아 있는 가시에 바로 그 만년설지의 진액으로 만든 독이 묻어 있었다.

풍월은 발바닥에서 시작된 통증이 급격히 위로 올라오는 것을 느끼곤 천마대공을 극성으로 운기했다.

단전에서 그 힘을 급격히 팽창시킨 천마대공의 기운이 몸에 침투한 독을 찾아 움직였다.

풍월이 물러난 사이 채찍을 회수한 북리연은 풍월에게 편하게 독을 몰아낼 시간을 줄 생각이 없었다.

만년설지의 독이 아무리 지독한 독이라 하더라도 풍월의 목숨을 빼앗을 수 있을 것이란 기대는 하지 않았다.

풍월 정도의 고수라면 정도의 차이만 있을 뿐 내력을 이용해 능히 독을 몰아낼 수 있다는 것을 알기 때문이다.

만년설지의 독은 풍월이 오롯이 싸움에 집중하지 못하게 하는 역할만으로도 충분했다.

혹여 그 과정에서 독이 심장까지 파고든다면 그 이상 바랄 것이 없는 결과겠지만.

풍월이 크게 원을 그리며 짓쳐오는 채찍을 향해 묵운을 휘둘렀다.

묵운과 부딪친 채찍은 이번에도 검신을 휘감고 치솟으려 했다.

이번엔 풍월이 허락하지 않았다.

채찍이 휘감는 반대 방향으로 손목을 빙글빙글 돌려 채찍이 운검을 타고 오르는 것을 방지했다.

"제법!"

북리연이 비웃음과 함께 전력을 다해 채찍을 휘둘렀다.

가공할 속도로 움직이던 채찍이 어느 시점에서 급격히 제동을 하고 그 탄력을 이용해 삐죽 솟아 있던 가시가 일제히 풍월에게 쏘아졌다.

풍월이 묵운을 풍차처럼 휘돌리며 가시를 막았다.

워낙 가까운 거리, 많은 숫자에 크기 또한 작은 가시였기에 상당수가 묵운의 방어막을 뚫어냈다.

묵운의 방어막을 뚫고 풍월을 향해 날아가는 가시들을 보며 회심의 미소를 지었다.

아무리 막강한 내력을 지녔다고 해도 저렇듯 많은 수의 가시가 몸에 박히고 그 독이 몸에 침투하면 전력을 다해 운기조식을 한다고 해도 목숨을 장담하지 못한다. 물론 그걸 두고 볼 이유도 없었다.

입가에 가득했던 미소가 경악으로 바뀌는 것은 순식간이었다.

기세 좋게 풍월의 몸을 향하던 가시가 투명한 벽에라도 부딪친 것처럼 힘없이 나가떨어지는 것이 아닌가.

단순히 튕겨지는 것이 아니라 오히려 날아왔을 때보다 더욱 빠른 속도로 북리연에게 되돌아갔다.

공격의 실패를 전혀 예상치 못했던 북리연은 되돌아오는 가시의 움직임에 반응하지 못했다.

"위험하다!"

신중히 싸움을 지켜보던 북리청강이 기겁하며 손을 뻗었다.

강력한 장력이 북리연의 몸을 후려치고 그녀의 신형이 끊어진 연처럼 날아갔다. 가시는 간발의 차이로 그녀의 몸을 빗겨갔다.

"한심한! 상대가 그리 쉬워 보이느냐! 동방호와 낭왕의 합공까지 꺾은 인물이다. 대체 어디에 정신을 두는 것이냐?"

삼 장 가까이 날아가 처박힌 북리연은 북리청강의 호된 질책을 들으며 천천히 일어났다. 그녀 역시 지금의 상황이 부끄러웠는지 낯빛이 붉어졌다.

"정신을 똑바로 차……."

"알았으니까 그만해요."

신경질적으로 말을 끊어버린 북리연이 심호흡을 하며 채찍을 몇 번이나 땅바닥에 후려치며 전의를 다졌다.

천마탄강으로 북리연의 공격을 막고 오히려 그녀에게 치명타를 가할 기회를 잡았던 풍월이 묵운을 들어 오른쪽 손가락을 가볍게 그었다.

상처를 따라 검게 변한 피가 몇 방울 흘러나왔다.

고약한 냄새에 풍월의 미간이 살짝 찌푸려졌다.

풍월은 피가 떨어진 주변의 잡초가 순식간에 시들어 죽는 것을 보며 헛바람을 내뱉었다.

발바닥을 통해 전해지는 통증에 지독한 독일 것이라 예상은 했지만 이 정도까지 독할 줄은 미처 생각지 못했다.

풍월이 손을 뻗자 멀찌감치 떨어져 있던 묵뢰가 빨려오듯 날아왔다.

묵뢰와 풍월의 거리가 무려 오 장여, 허공섭물을 펼치기엔 꽤나 먼 거리임에도 너무도 능숙하게 해내자 북리청강과 북리연호의 입에서 동시에 탄성이 터져 나왔다.

북리연호가 나직이 말했다.

"형님, 아무래도……."

말끝을 흐렸지만 북리청강은 북리연호가 무슨 말을 하려는지 바로 이해했다.

"지금 당장은 아닐세. 저 아이의 원망을 어찌 감당하려고."

"하지만 상대가 보통이 아닙니다. 자칫하면……."

"너무 걱정하지 말게. 빙제 조사님의 진전을 이은 아이네. 그만큼 자존심이 강하고. 함부로 나섰다간 오히려 역효과가 날 수 있어. 연아가 확실히 납득할 수 있을 때, 그때 개입하도록 하지."

"음."

북리연호는 걱정스러운 얼굴로 입을 다물었다.

북리청강의 말을 이해하지 못하는 것은 아니나 상황을 너무 가볍게 보는 것은 아닌지 걱정이 됐다.

말로 들었던 것과 직접 대면한 풍월은 천지 차이였다.

전신에서 풍기는 기운을 접하는 것만으로도 등골이 서늘하고 식은땀이 흘러내렸다.

이 정도의 기운은 빙제 조사님 이후, 북해빙궁 최고의 고수라는 북리천에게서도 느껴보지 못한 기운이었다.

'실수하는 것은 아닌지 모르겠습니다, 형님.'

한숨을 내쉰 북리연이 불안감이 가득한 얼굴로 전장을 응시했다.

*　　　*　　　*

"크르르르."

두려움 가득한 얼굴로 정면을 응시하는 만독방 장로 막효의 입에서 연신 가래 끓는 소리가 흘러나왔다.

"쿨럭!"

거친 기침과 함께 입에서 시꺼멓게 변질된 피가 왈칵 쏟아졌다.

막효는 칠공에서 피를 흘리며 당령을 응시했다.

평생토록 이처럼 지독한 독공을 경험해 본 적이 없었다.

당했다 싶은 순간, 몸에 침투한 독은 이미 오장육부를 녹이고 있었다.

"괴… 물 같은 년."

고통으로 일그러졌던 막효의 얼굴에 웃음이 생겼다.

"크크크. 하지만 너… 무 늦었다. 개천… 회에서 내… 원으로 병력을 보내는 것을 보았… 지. 네년이 구… 하고자 하는 수뇌… 들은 모조리 뒈… 졌을 거다."

당령이 가만히 상체를 숙여 그에게 가까이 다가갔다.

얼굴이 거의 맞닿을 때쯤 그녀가 속삭이듯 말했다.

"그게 내가 원하는 거야. 제발 그렇게 되기를 간절히 바라고 있다고."

그녀의 말에 막효는 놀란 눈을 부릅뜨고 온몸을 부르르 떨더니 그대로 숨이 끊어졌다.

입가에 진하게 맺혔던 웃음을 재빨리 거둔 당령이 천천히 몸을 일으켰다.

그녀의 주변으로 당가의 생존자들이 하나둘 다가왔다.

열 명이 채 안 되는 인원, 그나마도 당령이 개입하지 않았으면 모조리 목숨을 잃었을 것이다.

여일회에 이어 몽교의 숨통까지 끊어버린 당령은 내원으로 향하지 않고 만독방 독천단의 공격에 의해 전멸 수준에 이른 식솔들에게 달려갔다.

압도적인 무위로 독천단을 순식간에 쓸어버린 그녀는 장로 막효와 독천단주 편결의 합공까지도 박살 내버리며 싸움을 종결시켰다.

"너, 혹시 령이냐?"

온몸에 피칠갑을 한 중년인이 비틀거리며 다가왔다. 그러고는 믿을 수 없다는 얼굴로 물었다.

"예, 오랜만이네요, 당숙."

당령이 엷은 미소와 함께 고개를 숙였다.

그녀의 정체가 죽었다고 알려진 당령으로 밝혀지자 큰 소란이 일었다.

무작정 욕을 하는 사람도 있었고, 일단은 말을 아끼는 사람도 있었으나 그들 모두 우호적인 시선은 아니었다.

"무슨 생각을 하고 있는지 알아요. 하지만 알려진 것이 전부 사실은 아닙니다."

"……."

당령에게 당숙이라 불린 당중은 딱히 대꾸를 하지 않았다.

"구차하게 변명은 하지 않겠습니다. 지금은 그럴 때가 아니니까요."

그제야 지금의 상황을 인식한 당중이 깜짝 놀란 얼굴로 소리쳤다.

"내원으로! 가주께서 위험하시다."

"나중에 뵙죠."

살짝 고개를 숙인 당령이 몸을 돌리자 당중이 돌아보며 소리쳤다.

"움직일 수 있는 녀석은 령아를 따라가라. 어서!"

당중의 호통에 움직인 생존자는 정확히 다섯이었다. 나머지 네 명은 당중만큼이나 심각한 부상을 당한 상태였다.

당령이 힐끗 고개를 돌려 자신의 뒤로 따라붙는 식솔들의 면면을 살폈다.

직계는 물론이고 가까운 방계도 없었다.

그녀의 시선이 가장 왼쪽에서 따라오는 사내에게 잠시 머물다 돌아왔다. 조금 전, 다짜고짜 욕을 했던 이였다.

당령의 입가에 섬뜩한 조소가 흐르고 동시에 사내가 가슴을 부여잡고 비틀거렸다.

"왜 그래?"

옆에 있던 식솔이 황급히 사내를 부축했다.

"모, 모르겠다. 괜찮은 것 같았는데 생각보다 부상… 이 심한 모… 양이야."

"그런 몸으론 무리야. 이곳에 남는 것이 좋겠다."

당령이 걱정스러운 얼굴로 말하자 다른 이들 역시 빠르게 동의했다.

"그, 그래. 난 여기… 서 쉬어… 야겠어."

털썩 주저앉은 사내가 가쁘게 숨을 몰아쉬며 말했다.

"다른 사람은 먼저 내원으로 이동해. 잠시 살펴보고 바로 갈 테니까."

당령이 내원을 가리키며 재촉하자 엉거주춤 서 있던 이들이 내원을 향해 달리기 시작했다.

그들이 멀어지자 당령이 숨을 제대로 쉬지 못하고 컥컥거리고 있는 사내의 목덜미를 가만히 쓰다듬으며 말했다.

"그러니까 함부로 입을 놀리면 이렇게 되는 거야. 그러니까 앞으론 조심해. 염라대왕 앞에서 헛소리를 내뱉다간 지옥으로 떨어질 테니까."

사내가 눈을 부릅뜨며 온몸을 바둥거렸다.

입을 벌려 뭐라고 외쳐댔지만 흘러나오는 것은 미약한 신음에 불과했다.

바둥거리는 사내의 사지가 천천히 굳을 때까지 지켜보던 당령이 천천히 몸을 돌렸다. 입가에 환한 미소를 지은 채.

*　　　*　　　*

꽝! 꽝! 꽝!

강력한 폭음과 함께 자신의 생각보다 훨씬 일찍 싸움에 참여했다가 연이어 낭패를 보고 있는 북리청강의 몸이 휘청거렸다.

풍월이 곧바로 따라붙으며 연이어 공격을 날리려 할 때 방금 전, 북리청강 덕분에 위기를 모면한 북리연이 풍월의 배후로 돌아가며 채찍을 휘둘렀다.

풍월은 묵뢰로 북리연이 휘두른 채찍을 쳐낸 후, 그대로 북리청강을 향해 돌진했다.

이를 악문 북리연이 재차 채찍을 휘두르며 방해를 하자 풍월은 비도풍뢰의 수법으로 반격을 하였다.

북리연의 손목이 격렬하게 움직이고 번개처럼 움직인 채찍이 묵뢰를 낚아챘지만 풍월과 내력의 끈이 이어져 있는 묵뢰를 완벽하게 제어하지는 못했다.

북리청강이 자신을 노리며 짓쳐드는 풍월을 향해 전력을 다해 손을 뻗었다.

옥수처럼 투명하게 변한 손에서 새하얀 냉기가 쏟아져 나왔다.

북해빙궁의 여러 절학 중 하나인 천빙명옥수(天氷明玉手)다.

주변의 공기마저 얼어붙게 만드는 냉기가 밀려들었지만 풍월은 무시했다. 그 정도 냉기는 천마탄강으로 간단히 무력화시킬 수 있다고 믿고 묵운을 빠르게 움직였다.

묵운이 사선으로 움직이며 화려한 변화를 일으키고 그 움직임을 따라 매화가 만발했다.

북리청강은 순간적으로 자신의 시야를 가리는 매화에 현혹되지 않고 매화 사이를 뚫고 들어오는 묵운을 정확히 후려쳤다.

깡!

인간의 손이 쇠붙이와 부딪치는 소리라고는 상상도 할 수 없을 정도로 날카로운 충돌음이 들려왔다.

묵운이 허무하게 튕겨 나오자 풍월의 미간이 찌푸려졌다.

풍월은 상대가 금강불괴의 경지에 이른 것은 아닌가 의심을 했지만 묵운을 쳐내고 자신의 심장을 찔러오는 투명한 손을 보고는 그 손에 비밀이 있을 것이라 판단했다.

즉시 손목을 돌려 묵운의 방향을 바꾼 풍월이 묵운을 아래에서 역으로 쳐올렸다. 그가 노린 것은 투명하게 변한 손이 아니라 그 위 팔꿈치였다.

그때, 날카로운 파공성과 함께 묵뢰의 공격에서 벗어난 북리연의 채찍이 날아들었다.

풍월이 재빠르게 묵운을 틀었지만 채찍의 움직임을 벗어날 수가 없었다.

채찍에 의해 묵운이 봉쇄당하고 천빙명옥수는 여전히 풍월의 가슴을 노리며 짓쳐들었다.

북리청강은 자신의 공격이 제대로 먹혔다는 생각에 회심의 미소를 지었다.

풍월이 지닌 가공할 호신강기를 몇 번이나 경험했기에 지금의 공격으로 싸움이 완전히 끝날 것이란 기대는 하지 않았다.

하지만 전력을 다해 펼친 천빙명옥수다.

목숨을 빼앗지는 못할망정 최소한 큰 타격을 입힐 수는 있을 터. 그 정도의 성과라면 절대 질 수 없는 싸움이란 생각이 들었다.

"위험해!"

달콤한 꿈도 잠시, 북리청강은 북리연의 뾰족한 외침에 정신이 번쩍 들었다.

어느새 풍월의 손으로 돌아간 묵뢰가 북리청강의 정수리를 향해 무시무시한 기세로 내리꽂히고 있었다.

북리청강은 그 즉시 팔을 사선으로 교차하며 머리 위로 치켜세웠다.

꽝!

엄청난 충돌음과 함께 북리청강의 한쪽 무릎이 그대로 꺾였다.

가공할 힘과 압력으로 짓누르는 묵뢰와 필사적으로 버티는 북리청강.

"크으으으!"

북리청강의 입에서 고통스러운 신음이 흘러나왔다.

코와 입에선 검붉은 피가 콸콸 쏟아졌다.

풍월의 왼쪽 발이 기괴하게 움직이며 북리청강의 옆구리를 후려쳤다.

북리청강은 자신의 옆구리가 무방비 상태로 노출되었음을 알면서도 반응을 하지 못했다. 묵뢰가 태산 같은 힘으로 그를 짓누르고 있었기 때문이다.

북리청강은 옆구리로 파고드는 풍월의 발을 보며 눈을 질끈 감고 이를 꽉 깨물어 충격에 대비했다.

하지만 그가 생각하는 일은 벌어지지 않았다. 어느새 거리를 좁혀 다가온 북리연이 풍월의 정강이를 걷어차 방향을 틀어버린 것이다.

북리청강을 위기에서 구한 북리연은 이에 만족하지 않았다.

풍월이 순간적으로 균형을 잃은 절호의 기회였다.

빙백한천공을 극성으로 끌어 올리며 풍월의 가슴을 향해 손을 찔렀다.

피처럼 붉게 변한 손.

풍월은 그것이 북해빙궁의 삼대절학으로 꼽히는 혈옥수(血玉手)라는 것은 알지 못했다. 하나, 절대로 무시할 수 없음을 직감적으로 느낄 수 있었다.

천마탄강의 힘을 믿고 북리청강을 확실히 처리하고 싶은 욕심이 살짝 들었으나 붉게 변한 손이 영 마음에 걸려 이내 포기했다. 그러고는 산화무영수로 북리연의 공격을 막아갔다.

혈옥수와 산화무영수가 허공에서 격돌했다.

풍월은 화산이 자랑하는 산화무영수라면 능히 상대의 공격을 막을 수 있으리라 여겼다.

그 믿음이 깨지는 것은 순식간이었다.

혈옥수는 지금껏 단 한 번도 풍월을 실망시키지 않았던 산화무영수를 갈가리 찢어버리고 천마탄강마저 뚫어냈다.

깜짝 놀란 풍월이 필사적으로 몸을 틀었다.

퍽!

둔탁한 충돌음과 함께 풍월의 몸이 붕 떠서 날아갔다.

볼썽사납게 땅에 처박혀 몇 바퀴나 구른 뒤에야 겨우 몸을 일으킨 풍월은 마비가 올 정도로 큰 충격을 받은 손을 바라보며 믿을 수 없다는 표정을 지었다.

정작 문제는 산화무영수가 깨진 것도, 천마탄강이 뚫린 것도 아니었다.

"음."

풍월의 얼굴이 딱딱하게 굳었다.

혈옥수에 얻어맞은 어깻죽지에서 엄청난 냉기가 밀려들고 있었다.

무척이나 익숙한 기운이었다.

'음한지기다.'

풍월은 자신의 몸에 침투한 냉기가 개방 방주의 목숨을 빼앗고 구양봉의 목숨까지 위태롭게 만들었던 음한지기임을 바로 알 수 있었다.

음한지기가 침투한 것을 확인하자마자 풍월은 즉시 천마대공의 힘을 어깨 쪽으로 이동시켜 음한지기에 집중시켰다.

극양의 기운을 지닌 천마대공의 힘은 음한지기의 유일한 상극.

문제는 천마대공의 힘으로 음한지기를 몰아내는 사이 다시금 채찍을 집어 든 북리연과 북리청강이 공격을 해왔다는 것이다.

그나마 다행이라면 북리연이 혈옥수로 천마탄강을 뚫어내고 풍월에게 큰 타격을 입히는 데에는 성공했지만 그 과정에서 역으로 치고 들어온 반탄강기에 의해 제법 큰 타격을 받았고 이를 수습하느라 생각보다 강력하게 공격을 퍼붓지 못했다는 것. 그에 반해 풍월의 공세에 하마터면 그대로 숨통이 끊어질 뻔했던 북리청강은 악에 받쳐 공세를 펼쳤다.

풍월은 자하검법을 펼치며 다소 힘겹게 두 사람의 공세에 맞섰다. 한참이나 수세에 몰리던 그의 움직임이 갑자기 변한 것은 몸에 침투한 음한지기를 몰아낸 직후였다.

쾅!

묵운이 아닌 묵뢰가 북리청강의 천빙명옥수와 거칠게 부딪쳤다.

“크악!”

북리천강이 외마디 비명을 지르며 뒷걸음질 쳤다.

북리청강은 경악으로 가득찬 눈길로 부러진 자신의 손목을 바라보며 믿을 수 없다는 표정을 지었다.

천빙명옥수를 펼칠때면 그의 손은 금강불괴나 다름없이 변한다. 한데 그것이 깨진 것이다.

북리청강이 두려운 눈빛으로 풍월을 바라보았다. 어쩌면 지금까지는 최선을 다하지 않은 것일 수도 있다는 불길한 생각이 들었다.

*　　　*　　　*

가주의 집무실이자 당가에서 가장 아름다운 곳이라는 천화원이 피로 물들었다.

수십 구의 시신들이 아무렇게나 널브러져 있었고 그들이 흘린 피가 내를 이뤘다.

시신의 수는 천화원 안쪽으로 들어갈수록 수가 줄었지만 대신 더욱 처참한 모습이었다. 대부분이 형체를 알아보기 힘들 정도로 망가진 것이 마치 큰 폭발이라도 일어난 것 같았다.

천화원의 가장 안쪽에서 어쩌면 당가의 운명이 걸렸다고도 할 수 있는 최후의 싸움이 벌어지고 있었다.

"후욱! 후욱!"

거칠게 숨을 쉬는 당추가 절망으로 가득한 눈길로 주변을 둘러보았다.

두 발을 땅에 딛고 있는 인원이 자신을 포함하여 고작 다섯에 불과했다. 천화원을 지키던 인원이 삼십이 넘었다는 것을 감안하면 사실상 전멸이나 마찬가지. 애당초 산공독으로 인해 내력이 사라진 이상 숫자는 의미가 없었다.

“지독한 인간들! 안 되는 걸 알면서 뭘 그리 지독하게 달려들어. 곱게 죽여줄 때 조용히 갈 것이지.”

능자호는 숨이 끊어지는 마지막 순간까지 암기를 뿌리며 저항한 약왕당주 당융을 갈가리 찢어버리며 침을 탁 뱉었다.

“어후! 독하기도 하고.”

순간적으로 머리가 핑 도는 느낌에 절로 짜증이 솟구쳤다. 당가를 공격하기 직전, 추망우가 심혈을 기울여 만든 해독단을 복용했음에도 몸에 침투한 독을 완벽하게 해독하지는 못하는 것 같았다.

만약 당가의 고수들이 내력을 잃지 않고 독마저 자유자재로 쓸 수 있는 상황이라면 어땠을까 가정을 하자 절로 몸서리가 쳐졌다. 죽을 각오가 아니면 가급적 당가는 건드리지 말라는 무림의 격언이 새삼 떠올랐다.

“어쨌거나 이제 대충 마무리는 된 것 같소이다, 가주.”

능자호가 피투성이가 된 채 벽에 등을 기대고 있는 당추를 바라보며 씨익 웃었다. 당추의 가슴을 사선으로 갈라 버린 자상을 자신이 만들었다는 것이 그렇게 뿌듯할 수가 없었다. 단번에 숨통을 끊어버리지 못한 것이 아쉽기는 했으나 그 정도 상처면 대라신선이 환생한다고 해도 고치지 못할 정도의 치명상이었다.

"이것 참. 당가엔 독만 있는 것이 아니라 온갖 괴상한 물건들이 많다고 해서 나름 긴장을 했는데 생각보다 별것 없어서 실망했소이다. 고작 이따위 암기나 뿌려대고 말이지."

능자호가 자신의 팔뚝에 박힌 조그만 침을 꺼내 손가락을 튕겼다.

"닥쳐랏! 그것들이 있었으면 네놈은 이미 한 줌 핏물로 변했을 것이다!"

내력이 없음에도 탁월한 암기술로 적들의 공격을 힘겹게 막아내며 당추 곁으로 다가온 감찰당주 당솔이 핏발 선 눈빛으로 소리쳤다.

"그러니까 어디 있냐고?"

능자호가 키득거리며 물었다.

그저 산공독만 살포하면 끝이었던 다른 문파와는 달리 당가 공략을 책임진 추망우는 또 하나 중요하게 여긴 것이 있었다.

독과 암기.

추망우는 당가를 대표하는 독과 암기를 무력화시키지 못하면 설사 산공독을 이용하여 적들의 내공을 봉쇄한다고 해도 당가를 몰락시키는 일이 결코 쉽지 않다고 판단했다. 해서 그는 지하 창고에 독과 암기를 보관하고 있는 신기당을 파괴하기 위해 두 가지를 준비했다.

하나는 과거 환사도문의 주요 인물들을 치료하는 과정에서 얻었던 부시혈고에서 추출한 독과 벽력탄이었다.

벽력탄을 이용해 신기당의 건물을 무너뜨리고 부시혈고에서 추출한 독을 그 위에 무차별적으로 뿌린다면 단시간 내에 신기당을 복구하는 것을 불가능할 것이라 여겼다.

무너진 건물의 잔해도 그렇지만 부시혈고에서 추출한 독은 어지간한 독에는 내성을 지니고 있는 당가의 고수들조차 쉽게 볼 수 없는 극독이기 때문이었다.

추망우의 계획은 제대로 성공했다.

벽력탄에 의해 신기당의 건물은 무너졌고 그 위에 뿌려진 독에 의해 접근 자체를 하지 못하게 되었다. 당가를 위기에서 구해줄 주요 독과 암기들이 완벽하게 무력화된 것이었다.

'유한, 역시 힘든 것인가?'

당솔이 참담한 얼굴로 입술을 깨물었다.

당령에게 사사로이 삼대금용암기를 내준 일로 신기당주에서 물러난 당유한이 어떻게든 신기당 지하에 보관되어 있는 독과 암기들을 꺼내 오겠다고 움직였지만 아직까지 소식이 없었다.

"자, 이제 끝냅시다."

능자호가 어린아이 몸통만 한 칼을 휘두르며 다가왔다.

무식할 정도로 큰 칼이었지만 그의 칼이 얼마나 빠르고 날랜지는 그의 칼에 목숨을 잃은 식솔들이 증명하고 있었다.

당솔이 당추의 앞을 가로막았다. 지금 그에게 남은 것은 아홉 자루의 비도뿐이다.

기도하는 심정으로 비도를 뿌렸다.

아홉 자루의 비도가 부채꼴 모양으로 펼쳐지며 날아갔다.

내공이 전혀 실리지 않았다는 것을 의심해야 할 정도로 엄청난 속도였다.

비웃음을 흘리던 능자호마저 탄성을 내지를 정도로 강력한 일격이었으나 단지 그뿐이었다.

단 두 번의 움직임으로 자신을 향해 날아온 비도를 모조리 쳐낸 능자호의 칼이 당솔의 몸뚱이마저 양단해 버렸다.

몸뚱이가 반으로 갈라지고 분수처럼 치솟은 피가 온몸을 흠뻑 적셨지만 능자호는 피하지 않았다.

"크하하하하!"

양손을 활짝 벌려 그 피를 고스란히 맞는 능자호의 입에서 광소가 터져 나왔다.

"와아아아!"

분노에 찬 함성이 천화원 외부에서 가까워졌다.

승리를 자축하던 능자호가 인상을 구기며 고개를 돌렸다.

피투성이가 된 사내 넷이 달려오는 모습에 능자호는 코웃음을 쳤다. 뭔가 예기치 못한 상황이 벌어지는 것은 아닌지 살짝 긴장했던 것이 민망해질 정도다.

"도, 돌아가라. 어서!"

당추가 힘을 다해 소리쳤다. 이미 끝난 싸움에서 쓸데없는 희생만 늘린다는 생각 때문이었다.

"쯧쯧, 내 눈에 띈 이상 이미 늦었소이다."

조소를 보낸 능자호가 그들을 향해 움직였다.

당추의 숨통을 끊어놓고 움직일까 잠시 고민을 했지만 어차피 당추는 숨만 붙어 있는 상황이다. 가장 맛있는 음식은 마지막에 즐기는 법, 미련 없이 몸을 돌렸다.

"버러지들! 여기가 어딘 줄 알고 기어……."

호기롭게 외치던 능자호가 흠칫 놀라며 입을 다물었다. 그의 시선이 머무는 곳, 그곳에서 당령이 느긋한 걸음으로 다가오고 있었다.

능자호의 표정이 딱딱하게 굳었다.

아직 아무런 행동도 하지 않았으나 존재만으로도 전신이 찌릿찌릿 했다.

'밖에 있는 자들은 어찌 된 거지?'

의문이 들었다.

당가의 잔당들과 함께 천화원에 왔다는 것은 그녀 역시 당가의 식솔이거나 최소한 관련이 있다는 것을 의미했다. 문제는 그녀가 천화원에 오기 전에 반드시 몽교를 만날 수밖에 없다는 것이다.

"몽 호법은 어찌 되었느냐, 계집?"

능자호가 피가 뚝뚝 떨어지는 칼을 비스듬히 누이며 물었다.

"몽… 누구?"

당령이 천진난만한 미소를 지으며 되물었다.

해맑은 웃음과는 달리 그녀의 눈빛에서 비릿한 조소를 읽은 능자호가 즉시 몸을 날렸다.

능자호의 거대한 칼이 팔방을 동시에 점하며 짓쳐들었다.

광폭십팔세(狂暴十八勢).

한때 남방 낭인들의 수장으로 만들어준 능자호의 독문도법이다.

능자호의 칼은 광폭이라는 이름답게 거칠고 사나웠다. 수비 따위는 전혀 고려치 않은 오직 공격 일변도의 도법.

광폭십팔세에 무방비로 노출된 당령의 모습은 금방이라도 꺾일 것 같은 한 송이 꽃처럼 여렸다. 하지만 일도양단의 기세로 내리꽂히는 칼을 향해 천천히 손을 뻗는 그녀의 기세는 결코 여리지 않았다.

그녀는 자신의 정수리로 내리꽂히는 칼을 합장하듯 잡았다. 워낙 무지막지한 힘이 실렸기에 한쪽 무릎이 살짝 굽혀지긴 했지만 단지 그뿐이었다.

설마하니 자신의 칼을, 그것도 맨손으로 잡을 수 있는 자가 있을 것이란 상상을 하지 못한 능자호가 경악을 금치 못할 때 당령이 손을 비틀었다.

땅!

금속이 깨지는 소리와 함께 그 큰 칼이 그대로 동강이 났다. 동시에 그녀의 몸에서 피어난 향기가 조용히 능자호를 덮쳤다. 뭔가 이상함을 느낀 능자호가 황급히 숨을 참았지만 이미 늦었다.

머리가 어지럽고 가슴이 답답해지기 시작했다.

"빌어먹을!"

자신이 독에 중독된 것을 눈치챈 능자호가 반으로 잘린 칼을 당령에게 던지곤 즉시 몸을 돌렸다.

결과 따위는 중요치 않았다.

자신의 전력이 담긴 칼을 간단히 잡아내고 동강을 낼 수 있는 능력에 무시무시한 독까지 사용한다.

몽교의 이름을 듣고 조소를 보내던 눈빛을 비로소 이해할 수가 있었다. 아마도 몽교는 목숨을 잃었을 것이다. 몽교가 막지 못했다면 자신 역시 막을 가능성이 없었다.

등을 보이고 달아나는 능자호를 어이없게 바라보던 당령이 부러뜨린 칼을 던지며 몸을 날렸다.

가공할 속도로 날아오는 칼날을 피하기 위해 능자호의 움직임이 살짝 굼떠졌다. 그 짧은 순간을 놓치지 않고 거리를 좁힌 당령이 손을 뻗었다. 그녀의 손끝에 맺힌 묵빛 강기가 조그만 고리의 형상을 띠더니 빛살처럼 날아갔다.

피하기는 늦었다고 여긴 능자호가 주먹을 내질렀다.

광폭십팔세만큼은 아니나 그의 권격 또한 강맹한 힘을 자랑했다.

퍽!

둔탁한 소리와 함께 능자호의 주먹이 형체를 알 수 없을 정도로 짓뭉개졌다.

능자호의 입에서 천화원이 떠나갈 듯한 비명이 터져 나왔다.

한데 단순히 주먹이 짓뭉개진 것이 아니었다.

뭉개진 주먹이 검게 변색되더니 순식간에 썩어 들어가기 시작했다. 손목에 이어 팔뚝까지 변색되는 데 걸린 시간은 찰나에 불과했다.

능자호는 미련 없이 팔을 잘랐다.

정신이 아득할 정도의 고통이 밀려들었지만 살기 위해서는 오직 그 방법뿐이었다.

그의 판단을 비웃기라도 하듯 또 다른 강기가 날아들었다. 감히 대적하지 못한 능자호가 황급히 몸을 숙였다. 하지만 그의 반응을 예측이라도 하듯 급격히 방향을 튼 묵빛 고리가 능자호의 두꺼운 목을 깨끗하게 가르고 지나갔다.

비명도 없었다. 능자호는 자신이 어째서 죽는 것인지도 의식하지 못하는 사이 숨이 끊어졌다.

무심한 표정으로 다가간 당령이 능자호의 머리를 집어 들었다. 그러고는 눈앞에 펼쳐진 상황에 입을 쩍 벌린 채 놀라고 있는 당추를 향해 천천히 걸어갔다.

당령의 손에서 튀어나온 묵빛 고리가 독의 정수를 응축시킨 독강이라는 것을 확인한 당추는 아무런 말도 하지 못하고 그저 멍하니 당령의 얼굴만 바라보았다.

당령이 능자호의 목을 툭 던지며 밝게 웃었다.

"늦었지만 그래도 돌아왔어요, 할아버지."

*　　　*　　　*

"너……."

풍월을 바라보는 북리연의 눈동자가 마구 떨렸다. 정확히는 풍월이 아니라 풍월의 맞은편에 쓰러져 있는 북리청강을 보고 있었다.

풍월이 북리연에게 시선을 고정시킨 채 묵뢰를 들었다.

"안 돼!"

북리연이 풍월을 막기 위해 필사적으로 달려들었지만 그토록 위력적이던 혈옥수는 풍월이 작심하고 펼치는 자하검법에 모조리 막히고 말았다.

조금 전까지 싸움에 끼어들 엄두를 내지 못하고 초조하게 지켜보던 십여 명의 호천단원들이 사방에서 달려들었지만, 그들 역시 자하검법의 견고한 움직임을 뚫어내지는 못했다.

"으으으으."

묵뢰가 자신의 숨통을 끊기 위해 천천히 다가오는 것을 보면서도 북리청강은 나직한 신음을 흘려낼 뿐 아무것도 할 수가 없었다.

빙천명옥수를 시전할 때는 금강불괴나 다름없다고 자부했던 양손은 이미 박살이 났다. 심지어 왼팔은 팔꿈치 아래가 완전히 사라졌다.

기묘하게 꺾여 버린 두 다리 역시 아무런 감각도 느껴지지 않았다. 숨을 내쉴 때마다 가슴에서, 아랫배에서 선홍빛 피가 왈칵 왈칵 뿜어져 나왔다.

북리청강이 북리연을 향해 고개를 돌렸다.

미친 듯이 울부짖으며 자신을 구하기 위해 애쓰는 북리연. 그녀의 모습을 안쓰럽게 바라보던 북리청강이 최후의 기력을 짜내 소리쳤다.

"도망… 쳐……!"

마지막 말을 외치는 것과 동시에 그의 상체가 펄떡 뛰어올랐다. 묵뢰가 그의 심장을 관통한 것이었다.

"도… 망……."

마지막까지 북리연을 걱정하던 북리청강은 미처 말을 끝맺지도 못하고 힘없이 고개를 떨구고 말았다.

북리청강이 목숨을 잃는 순간, 그토록 맹렬히 공격을 해오던 북리연의 움직임이 거짓말처럼 멈췄다.

두 눈을 부릅뜬 채 숨이 끊어진 북리청강의 얼굴을 멍하니 바라보던 북리연이 정신을 차린 것은 풍월이 북리청강의 가슴에 박힌 묵뢰를 회수하는 것을 본 다음이었다.

"너… 너!"

북리연의 표정이 야차처럼 변하기 시작했다.

눈에선 피눈물이 흐르고 먹물처럼 검었던 머리카락이 백설처럼 하얗게 변해 버렸다.

동시에 그녀의 전신에서 북풍한설보다 더욱 차갑고 매서운 바람이 휘몰아쳤다.

"갈가리 찢어주마!"

원독에 찬 외침과 함께 빙백한천공을 극성으로 운기하는 북리연. 선천지기까지 모조리 끌어모은 그녀의 기세는 이전과는 비교가 되지 않았다.

핏빛으로 물든 손으로 채찍을 잡았다. 채찍을 가볍게 휘두를 때마다 얼음 가루가 허공에 흩날렸다.

극한의 음한지공이 채찍을 통해 외부로 발출되면서 공기 중의 수증기마저 얼려 버린 것이었다.

"물러나라."

북리연이 함께 공격할 움직임을 보이고 있던 호천단원들에게 소리쳤다.

애당초 그들의 움직임은 방해만 될 터였다.

북리연은 조금 전, 북리청강과 함께 합공을 할 때처럼 그들을 완전히 배제했다.

호천단원들이 주춤거리며 물러나자 채찍을 빙글빙글 돌리며 풍월을 노려보던 북리연이 지면을 박차고 올랐다.

"죽엇!"

날카로운 외침과 함께 그녀의 손에 들린 채찍이 가공할 속도로 움직였다.

이전보다 훨씬 빠른 움직임과 예측하기 힘든 변화를 보여주는 채찍을 보며 풍월도 신중하게 묵뢰를 움직였다.

꽝!

채찍과 묵뢰가 부딪치며 엄청난 폭음을 일으켰다.

채찍과 부딪친 묵뢰의 단면이 순식간에 얼어붙었다.

방향을 바꾼 채찍이 물러나는 묵뢰를 휘감았다.

풍월이 채찍의 움직임과 반대로 묵뢰를 돌려 벗어나려고

해봤지만 채찍의 회전이 묵뢰의 움직임보다 훨씬 빨랐다. 게다가 단순히 묵뢰만 봉쇄하려는 것이 아니었다.

묵뢰를 타고 올라온 채찍의 끝이 뱀처럼 달려들었다. 이미 그와 같은 움직임을 예측한 풍월이 재빨리 고개를 돌렸지만 채찍이 노린 것은 애당초 그의 얼굴이 아니라 묵뢰를 쥐고 있는 팔목이었다.

채찍이 눈 깜짝할 사이에 손목을 휘감자 풍월은 그 즉시 묵운을 들어 끊어내려 했다. 하나, 전설의 영물이라고 알려진 만년교룡의 가죽을 꼬아 만든 채찍은 묵운으로도 쉽게 끊어지지 않았다. 게다가 북리연의 내력이 한껏 실린지라 그 강도가 예사롭지가 않았다.

풍월이 재차 끊어내려 할 때 채찍을 통해 어마어마한 양의 음한지기가 밀려들어 왔다.

풍월의 눈썹이 꿈틀거렸다. 북리연의 의도를 눈치챈 풍월이 즉시 천마대공을 운기하며 음한지기에 대항했다.

채찍을 통해 쏟아져 들어오는 엄청난 양의 음한지기와 극양의 기운을 지닌 천마대공의 기력이 극한의 싸움을 시작했다.

두 사람의 싸움을 지켜보던 호천단원들의 안색이 극히 어두워졌다.

이런 식의 내력 대결은 더없이 위험하다.

순수한 힘과 힘의 싸움.

승자도 위험하고 패자는 더욱 위험하다. 말 그대로 목숨을 건다고 보면 된다.

문제는 한번 내력 싸움이 시작되면 두 사람이 동시에, 그것도 한 치의 오차도 없이 물러서지 않는 한 결코 돌이킬 수 없다는 데 있었다.

본격적인 내력 대결이 시작되고 얼마 후, 자신만만했던 북리연의 표정이 살짝 일그러졌다.

나이는 비록 어리나 북해빙궁의 금지옥엽으로 태어나 어려서부터 엄청난 양의 영약을 복용해 왔고 빙제 조사의 무공을 익히는 과정에서 북해빙궁의 보물 중 보물이라 일컬어지는 빙정까지 흡수하여 누구보다 막강한 내력을 쌓았다. 더구나 극한의 음한지기를 바탕으로 하는 내력이기에 같은 조건이라면 압도적으로 유리하다 할 수 있었다.

한데 눈앞의 상대는 그런 상식에서 완전히 벗어난 괴물이었다.

머리카락과 눈썹에 하얗게 서리가 내리고 입고 있는 옷이 얼어붙어 바스라지는 상황에서도 조금의 흔들림도 없었다.

필사적으로 음한지기를 밀어 넣어도 잠시뿐, 어디서부터 그렇게 샘솟는지 불가할 정도의 양강지기가 흘러나와 음한지기를 밀어냈다. 심지어는 역으로 밀고 올라오는 바람에 식은땀을 흘린 것이 한두 번이 아니었다. 게다가 어느 시점부터는 자신의 음한지기가 상대의 양강지력에 조금씩 흡수된다는 느낌도 받았다. 물론 절대 그럴 리가 없다는 것을 알면서도 왠지 불안했다.

그렇잖아도 창백했던 북리연의 안색이 백지장처럼 하얗게 변했다. 퍼렇게 변색된 입술에선 핏줄기가 흘러내리기 시작했다.

누가 보더라도 북리연의 열세라는 것이 드러난 상황, 초조하게 대결을 지켜보던 호천단원들이 서로의 눈을 바라보았다.

"내가 한다."

호천단 일조장이 무겁게 입을 열었다.

"부단주!"

"모두 나설 필요는 없다. 단 한 번의 기회만 만들면 된다."

"제가 하겠습니다."

"아닙니다. 제가 합니다."

서로가 자청을 했지만 북리염은 수하들의 청을 단호히 물리쳤다.

"그럴 가능성은 없어야겠으나 혹여라도 잘못되면 이후를 부탁한다."

검을 빼 든 북리염은 수하들이 말릴 사이도 없이 치열하게 내력 싸움을 벌이고 있는 풍월을 향해 달려갔다. 그러고는 전력을 다해 검을 휘둘렀다. 한데 혼자가 아니었다. 어느새 따라 붙은 세 명의 수하들이 동시에 검을 뻗었다.

"혼자 힘으론 역부족입니다."

가장 믿음직한 수하이자 친구의 음성에 북리염의 입가에 미소가 지어졌다.

절대고수들이 내력 싸움에 끼어든다는 것은 말 그대로 목숨을 버리는 길이다. 요행으로도 살 방법은 없었다. 그걸 알면서도 서슴없이 함께하는 이들이 있기에 죽는 길이 외롭지는 않을 것 같았다.

북리염과 세 명의 호천단원들.

그들의 공격이 풍월에게 향하자 북리연은 또다시 피눈물을 흘렸다.

자신이 약해서, 자신의 무모함에 애꿎은 이들이 다시금 목숨을 잃어야 한다는 생각에 가슴이 찢어질 것 같았다. 하지만 그들의 희생을 헛되이 해선 안 된다는 생각에 필사적으로 마음을 다잡았다.

바로 그때, 풍월이 왼손에 들려 있던 묵운을 호천단원들을 향해 던졌다.

북리염과 호천단원들은 우아한 호선을 그리며 날아온 묵운에 막혀 한 걸음도 더 내딛지 못했다.

북리연은 지금의 상황을 이해할 수가 없었다.

풍월이 성질이 전혀 다른 두 가지 무공을 사용한다는 것은 익히 알고 있다. 방금 전, 지겹도록 경험도 했다.

화산의 검법과 천마의 무공을 자유자재로 사용하며 자신과 북리청강의 공격을 손쉽게 막아내는 것을 보고 얼마나 경악했던가.

하지만 이건 아니다.

두 가지 무공을 사용하는 것도 어느 정도 내력의 여유가 있을 때 가능한 일이다. 자신과 목숨이 걸린 내력 싸움을 벌이면서 어찌 다른 무공을 사용할 수 있단 말인가!

그녀는 아무리 성질이 다른 두 가지 무공을 사용한다고 해도 그 바탕이 되는 궁극의 내공심법은 따로 있을 것이라 생각했다.

정, 사, 마를 아우를 수 있는 내공심법. 그 내공심법으로 인해 성질이 전혀 다른 두 가지 무공을 동시에 사용할 수 있다고 판단한 것이다.

그건 비단 그녀만이 아니라 풍월의 능력을 알고 있는 모든 적들이 그렇게 생각했다.

심지어 풍월의 몸에서 자하심법과 천마대공의 특징이 동시에 뿜어져 나와도 그렇게 생각했다.

성질이 다른 두 가지 무공을 동시에 사용하는 것도 상식을 벗어난 일인데 하물며 한 단전에서 성질이 다른 두 가지 내공심법이, 더구나 그렇게 위력적인 힘을 뿜어내며 공존한다는 것은 아예 생각조차 할 수 없는 일이기 때문이었다.

단전 한쪽, 천마대공과 일정 영역을 공유하며 자하심법이 조용히 운기되고 있다는 것을 안다면 풍월과 내력 싸움을 하려한 자신이 판단이 얼마나 어리석고 무모한 것인지 뼈저리게 후회 또 후회할 터였다.

"방해꾼이 왔고 더 이상 흡수하는 것도 무린 것 같으니 이제 그만해야겠네."

풍월의 말에 북리연은 또 한 번의 혼란을 맞았다.

'흡수? 대체 뭐를?'

생각은 이어지지 못했다.

지금껏 수세로만 일관했던 풍월의 양강지력이 상상도 하지 못할 힘으로 들이쳤기 때문이었다.

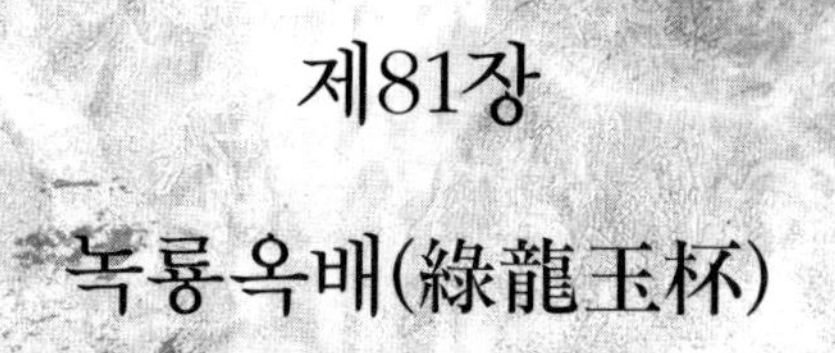

제81장

녹룡옥배(綠龍玉杯)

당령의 등장으로 천화원의 싸움은 이내 종결되었다. 당령의 손에 능자호가 죽는 것을 확인한 은검단주 숭전이 미련 없이 몸을 돌려 퇴각한 것이다.

마음만 먹으면 그들을 추격해서 하나도 남김없이 숨통을 끊을 자신이 있었지만 당령은 그러지 않았다. 그녀에겐 패퇴하는 적들의 목숨 따위와는 비교도 되지 않을 만큼 중요한 일이 남아 있었다.

"안으로 모셔."

당령의 명에 엉거주춤 서 있던 자들이 황급히 당추를 천화원의 내실로 옮겼다.

당령이 가만히 주변을 둘러보았다. 적들의 손에서 간신히 목숨을 건진 사람들이 뭐라 표현하기 애매한 표정으로 그녀를 바라보고 있었다.

고마움과 혐오, 분노와 감사가 혼재되어 있는 생존자들의 반응을 무심히 바라보던 당령이 천화원 내실로 발걸음을 옮길 때였다.

"어딜 함부로 들어가려는 것이냐?"

카랑카랑한 음성에 당령의 무표정한 얼굴에 순간적으로 한기가 스쳐 지나갔다.

발을 절뚝거리며 다가오는 노인이 장로 당룡임을 확인한 당령이 공손히 머리를 숙였다.

"장로님을 뵙습니다."

"됐다."

당룡이 신경질적으로 손을 젓고는 노한 눈길로 당령의 앞을 가로막았다.

"죄인 된 몸으로 어딜 함부로……."

"할아버지께서 위독하세요."

당추가 위독하다는 말에 당룡의 몸이 움찔했다.

그 역시 치열한 싸움을 벌인 터라 당추가 부상을 당한 것을 알고는 있지만 설마하니 위독할 정도라는 것은 미처 알지 못한 듯했다.

"어, 얼마나 안 좋으신 것… 이냐?"

당룡이 떨리는 음성으로 물었다. 당령은 침묵으로 대답을 대신했다.

"이럴 수가!"

당룡이 피 묻은 손으로 머리를 감싸 쥐었다.

"막지 마세요. 비록 본 가에 씻을 수 없는 죄를 지었다고는 하나 할아버님의 임종은 지켜야지요."

당령의 말에 당룡은 자신도 모르게 몸을 비켜섰다.

임종이란 한마디에 막지 말라는 말이 은근한 경고라는 것도 미처 의식하지도 못할 정도로 넋이 빠진 상태였다.

당룡의 허락을 구한 당령은 거침없이 천화원의 내실로 들어섰다.

"왔느냐?"

침상에 누워 있던 당추가 비스듬히 몸을 세우며 손짓했다.

당령이 침상에 걸터앉으며 물었다.

"어떠세요?"

"견딜 만하구나."

당추가 대수롭지 않은 듯 말했다. 하지만 끝이 얼마 남지 않았다는 것은 웃고 있는 당추도, 가만히 듣고 있는 당령도 알고 있었다.

당추의 가슴을 가르고 지나간 자상은 단순히 금창약을 바르고 붕대로 감는다고 나을 수 있는 수준이 아니었다. 정신을 온전히 유지하고 있는 것이 기적이라 말할 수 있을 정도로 치명적이었다.

"모두 나가보거라."

당추의 명이 떨어지자 순간적으로 멈칫하던 이들이 서로 눈빛을 교환하더니 조용히 방을 빠져나갔다.

"가주님!"

당룡이 뒤늦게 내실로 들어오자 당추가 반색을 했다.

"자네가 살아 있었군. 다행일세."

"운이 좋았지요. 한데……."

당룡은 당추의 부상에 대해 차마 묻지 못했다. 그의 심정을 안다는 듯 당추가 엷은 미소를 지으며 말했다.

"나도 그렇지만 자네도 꽤나 심하게 당했군."

"견딜 만합니다."

"제대로 치료를 하게나. 늙어 고생해."

"이미 늙을 만큼 늙었습니다."

"무슨 쓸데없는 소리를. 그 정도면 아직도 팔팔한 나이지."

그렇게 몇 마디 농담과 잡설을 나누며 웃음 짓던 당추가 당룡을 지그시 바라보며 말했다.

"잠시 자리를 좀 비켜주겠나? 이 아이와 할 말이 있다네."

흔들리는 눈빛으로 당추를 바라보던 당룡이 입술을 지그시 깨물며 고개를 끄덕였다.

"알겠… 습니다."

크게 허리를 숙이며 물러나는 당룡에게 마지막까지 웃음을 보이던 당추가 문이 닫히자마자 웃음을 지우고 물었다.

"어째서 그런 것이냐?"

당추의 차가운 눈빛을 본 당령이 침상에서 몸을 일으켰다.

"보통은 사실인지 정말 제가 그런 짓을 했는지 물으셔야 하는 것 아닌가요?"

"사실이 아니더냐?"

"사실입니다."

"역시 그랬구나. 네가 호를 죽였다는 말을 들었을 때 너라면 그럴 수도 있다고 생각했다. 솔직히 네가 천마동부에서 만독마존의 무공 비급을 들고 혼자 돌아왔을 때 약간의 의구심을 가지고는 있었다. 하지만 그 이후, 네가 세가와 무림을 위해 보여준 나름의 헌신을 보고 그런 의심을 거두었지. 그것이 결국은 위선이었거늘."

씁쓸히 고개를 저은 당추가 정색을 하곤 물었다.

"자, 이제 말해보거라. 어째서 그런 짓을 저지른 것이냐?"

말없이 당추를 바라보던 당령이 입술을 비틀며 입을 열었다.

"별다른 능력도 없이 그저 장자라는 이유만으로 당가의 후계자가 되었으면서 한심할 정도로 멍청하고 교만해요. 그런 위인이 가주가 되면 당가의 앞날은 뻔하지요. 그걸 두고 볼 수는 없었어요."

"허! 네 욕심이 아니라 모든 것이 본 가를 위해서였다?"

당추가 가소롭다는 표정으로 물었다.

"아니요. 가장 근본적인 이유는 당연히 가슴에 품고 있던 욕심이었어요. 그걸 부인하진 않아요. 하지만 그 바보 같은 인간이 조금만 덜 멍청하고 조금만 덜 교만하고 조그만 더 담대하고 조금만 더 장부의 기질을 보여줬다면, 어쩌면 제가 다른 선택을 할 수 있었을지도 모르지요."

읊조리듯 말하던 당령이 이내 고개를 저었다.

"아니요. 그래도 안 될 것 같네요. 만독마존의 무공 비급이 제 눈앞에 나타난 순간 가슴 깊은 곳에 억눌러 놓았던 제 욕망이 활화산처럼 터져 나왔으니까요."

당추는 능자호를 쓰러뜨리던 당령의 독강을 떠올리며 조소를 보냈다.

"그래, 결국 네가 원하는 것을 완벽하게 얻었구나. 단순히 만독마존의 비급이 아니라 그녀가 이룬 경지까지 뛰어넘었어. 핏줄까지 해쳐가면서 말이다. 이제 만족하느냐?"

"아니요. 아직 끝나지 않았어요. 그 인간이 나타나서 모든 것을 망쳐 버리기 전까지는 충분히 만족했고, 본 가와 무림을 위해 모든 것을 던질 준비가 되어 있었어요. 하지만 지금은 아니에요. 그러기엔 제가 겪은 고통이 너무 커요."

"끝나지 않았다? 여기서 무엇을 더 원한다는 것이냐?"

"우선은 제게 씌인 오명과 오해를 풀고 명예를 회복해야겠지요."

"오해? 명예?"

당추가 어이없다는 표정으로 되물었다.

"그게 가능하다 보느냐? 네가 핏줄을 죽인 것을 모르는 사람은 없다."

"상황에 불과할 뿐이지요. 풍월 그놈도 당시 천마동부의 상황을 정확하게 알지는 못해요. 그저 유추를 할 뿐."

"이제 와서 변명을 해 봐야……."

"굳이 변명을 할 필요는 없다고 봐요. 본 가에서만 인정을 해준다면."

"무슨… 뜻이냐?"

당추가 딱딱히 굳은 얼굴로 물었다.

"녹룡옥배(綠龍玉杯), 그거 제게 주세요."

당령은 가주의 신물, 사천당가의 상징이자 보물인 녹룡옥배가 마치 처음부터 자신의 것인 양 당당하게 손을 내밀었다.

*　　　　*　　　　*

'아!'

북리연의 얼굴에 절망이 드리웠다.

느닷없이 들이친 양강지력. 빙백한천공의 음한지기가 채찍을 타고 밀려오는 양강지력을 막기 위해 전력을 다했으나 소용이 없었다. 애당초 그 힘의 크기가 달랐다.

끊임없이 밀려드는 양강지력을 감당하지 못한 북리연의 몸이 마구 흔들렸다. 칠공에서도 피가 흘러나오기 시작했다. 이미 치명적인 내상을 당한 상태였지만 그녀는 마지막까지 저항을 멈출 수가 없었다. 저항을 멈추는 순간 목숨이 절단날 터였다.

한데 그런 필사적인 노력이 그녀에게 행운을 불러왔다.

음한지기와 양강지력의 충돌을 고스란히 감당해야 했던 채찍이 힘없이 끊어져 버린 것이다.

갑작스러운 힘의 해소에 북리연의 신형이 크게 흔들렸다.

"어서 모셔라!"

북리염이 목이 터져라 외치자 아직 싸움에 끼어들지 못하고 있던 호천단원 하나가 쓰러지는 북리연을 재빨리 안아 들었다.

"최대한 멀리! 빨리 도망쳐!"

북리염의 외침과 함께 북리연을 구한 호천단원이 그녀를 등에 업었다. 그러고는 일말의 머뭇거림도 없이 그대로 달리기 시작했다.

북리연을 그냥 보낼 마음에 없었던 풍월이 즉시 묵뢰를 던졌다.

빛살처럼 날아간 묵뢰가 북리연의 등을 그대로 꿰뚫으려는 순간, 묵뢰를 향해 몸을 날리는 사람이 있었다.

"컥!"

외마디 비명과 함께 처박힌 사람은 형응과 박투를 벌이며 숲으로 사라졌던 북리연호였다.

북리연호는 묵뢰가 자신의 가슴을 관통하는 순간 손을 뻗어 묵뢰를 움켜잡았다. 묵뢰는 더 이상 북리연을 노리지 못했고 북리연은 전장에서 순식간에 멀어져 갔다.

묵뢰를 움켜쥔 채 쓰러진 북리연호를 보는 풍월의 표정은 과히 좋지 않았다. 단순히 북리연을 잡지 못해서 그런 것이 아니다. 형응과 함께 사라졌던 북리연호가 홀로 나타났다는 것은 형응에게 좋지 않은 일이 일어났을 수도 있다는 것을 의미하기 때문이었다.

곧바로 모습을 드러낸 형웅으로 인해 그의 걱정은 단순한 기우로 밝혀졌다.

풍월의 날카로운 눈빛이 형웅의 전신을 살폈다.

안색이 창백한 것이 다소 피곤해 보이긴 했지만 딱히 큰 부상을 당한 것 같지는 않았다.

형웅이 무사함을 확인한 풍월이 눈앞의 싸움에 집중했다.

북리연이 무사히 탈출하기 위해서라도 어떻게든 시간을 끌어야 했던 북리염과 호천단원들이 필사적으로 저항을 했지만 그들 모두가 쓰러지는 데 걸린 시간은 촌각에 불과했다.

"어떻게 된 거야?"

풍월이 마지막까지 저항을 한 북리염의 숨통을 끊은 뒤 물었다.

"죄송해요. 방심한 건 아닌데 예상치 못한 음한지기에 노출이 돼서 고생 좀 했습니다."

"다친 데는?"

풍월이 걱정스러운 눈길로 형웅을 살폈다. 아까는 보이지 않았던 자잘한 부상이 눈에 띄었다.

"일전에 다친 부위가 덧나기는 했지만 크게 걱정할 정도는 아닙니다. 몸에 침투한 음한지기도 양이 얼마 되지 않아 금방 몰아냈고 싸움도 끝난 것이나 다름없는데, 저 영감이 느닷없이 도망을 치는 바람에……."

형웅이 결정적인 순간에 북리연을 구하고 싸늘한 주검으로 변해 버린 북리연호를 응시하며 인상을 찌푸렸다.

"아무튼 고생했다. 잠깐 쉬고 있어. 땡중 형님도 거의 끝낸 것 같으니까."

풍월의 말에 형웅이 공각을 향해 시선을 돌렸다.

호천단 부단주 북리승과 그가 이끄는 수하들의 합격진에 갇혀 고생을 했으나 공각은 막강한 실력을 바탕으로 이를 이겨냈다. 삼십에 육박했던 호천단원 중 이제 그와 상대하고 있는 적의 수는 고작 넷에 불과했다. 하지만 승리를 거두기까지 꽤나 험난한 길을 걸었는지 공각의 전신은 피로 물들어 있었다. 그것이 적의 피만은 아니라는 것은 한눈에 알 수가 있었다.

"괜히 미안하네요. 제가 빨리 끝냈으면 저렇게까지 고생하지 않아도 됐을 텐데요."

"꼭 그렇지는 않은 것 같다. 고생은 했을지 몰라도 뭔가 얻은 것이 있는 것 같은데. 움직임은 몰라보게 좋아졌어."

"그런… 가요?"

정확히 어떤 점이 좋아졌는지 알아보지 못한 형웅이 고개를 갸웃거릴 때 풍월이 몸을 돌렸다.

"형… 님."

형웅이 풍월을 불렀다.

"지금껏 상대한 고수 중 세 손가락 안에 꼽힌다. 기회가 있을 때 확실히 마무리를 해야지. 어설프게 살려줬다간 얼마나 많은 이들이 피를 흘리게 될지 상상도 되지 않아."

읊조리듯 말한 풍월이 북리연호의 가슴에 박혔던 묵뢰를 회수하며 전력을 다해 달리기 시작했다.

"같이 가요."

어느새 따라붙은 형웅이 곳곳에 남겨진 흔적을 살피며 말했다.

"최대한 빨리 달려야 하는데 괜찮겠어?"

형웅은 대답하는 것도 귀찮다는 듯 가볍게 손짓을 하곤 몸을 날렸다.

몽환비를 극성으로 펼치는 그의 움직임은 그 어느 때보다 빨랐고 일각도 되지 않아 꼬리를 잡을 수 있었다.

북리연을 업고 달리는 사내, 장림은 호천단원 중에서도 경공에 나름 일가견이 있는 자였다. 하지만 풍월과 형웅이 지닌 경공술에 비할 바가 아니다. 게다가 북리연을 업었기에 속도는 더욱 느려질 수밖에 없었다.

"저기 있네요."

형웅이 막 숲을 빠져나가고 있는 사내를 가리키며 말하자 풍월이 그 너머를 응시하며 말했다.

"불청객도 온다."

형웅이 미간을 좁히며 말했다.

"백 명 가까이 되는데 어떤 놈들일까요?"

"아마도 천랑단?"

풍월이 고개를 갸웃거리며 말했다. 확신은 없는 표정이다.

"누가 되었든 상관은 없어. 모조리 쓸어버리면 그만이다."

크게 호흡하며 각오를 다진 풍월이 다시 추격을 시작했다.

* * *

"재고해 주십시오."

당추의 목숨이 경각에 달렸다는 것을 알고 있음에도 당룡의 태도는 단호했다.

"재고해 주십시오, 가주님."

당룡의 곁에 선 당중의 표정 또한 더없이 심각했다.

"다른 사람들의 의견은……."

고개를 돌려 주변을 돌아보던 당추가 헛웃음을 내뱉었다. 천화원 내실에 들어선 이들의 숫자가 제법 되었으나 당주급 이상 되는 인물이 당룡과 당중 고작 두 명뿐이기 때문이었다.

"유한이는 어찌 되었나?"

당추가 신기당으로 간 당유한을 찾자 당룡이 힘없이 고개를 저었다.

"사람을 보냈습니다만 아직……."

"음."

당추의 입에서 침음이 흘러나왔다. 당추는 물론이고 자리에 모인 모두가 자연스레 당유한의 죽음을 떠올렸다.

"자네들이 반대하는 이유는 안다. 하지만 천마동부 안에서 벌어진 일을 확실하게 아는 사람은 아무도 없다. 풍월이란 자 역시 상황에 대해 유추를 할 수 있을 뿐, 령아가 어떻게 손을 쓴 것인지는 보지 못했다."

"하지만 저 아이가 스스로 호를 죽였다고 자백했습니다."

당룡이 당령을 가리키며 말했다.

"그렇긴 하지. 하나, 당가 역사를 살펴보았을 때 후계자의 자리를 놓고 피를 본 경우는 꽤나 많았지."

당룡과 당중은 당추가 천마동부에서 벌어진 참극을 후계자 싸움으로 간주하는 것에 충격을 금치 못했다.

"저, 저 아이는 당시 우호적인 관계를 맺고 있던 승룡검파와 팽가의 식솔을 죽였습니다."

당룡이 당황한 얼굴로 덧붙였다.

"애당초 천마동에 들어간 자들은 천마의 보물을 탐했네. 치열한 다툼이 있을 것임은 누구나 예측할 수 있는 일이지. 승룡검파가 본 가와 손을 잡은 것은 사실이나 풍월이란 친구의 목숨을 가지고 우리와 거래를 하려 한 순간부터 관계는 깨진 것이나 다름없네."

"패, 팽가의 식솔도 죽였습니다!"

"유감스러운 일이나 같은 의미로 해석하면 될 터. 차후 충분한 보상과 사과를 한다면 문제는 없다고 보네."

"사과를 한다고 한들 그들이 쉽게 받아들이지 않을 것입니다."

"상관없네. 그들과의 관계를 푸는 것은 나나 자네가 아니라 저 아이가 할 일이니까."

당추가 허리를 꼿꼿이 세우고 자리에 앉아 있는 당령을 가리키며 말했다.

당룡은 그녀의 무릎에 올려져 있는 조그만 옥배를 보곤 이를 악물었다. 당가를 상징하는 신물이 당가의 명예를 땅에 떨어뜨린 당령의 손에 들린 것에 참을 수 없는 모욕을 느꼈다.

"식솔들 또한 쉽게 받아들이지 못할 것입니다. 특히 무당파로 간 큰조카는 가주님의 결정을 결코 인정하지 않을 것입니다."

당룡은 몇 년 전부터 사실상 당가의 가주 역할을 해온 당황을 거론했다.

당황의 입장에선 단순히 가주의 자리를 빼앗기는 것이 아니었다. 차라리 그랬다면 다소간의 불화가 있을지언정 해결할 방법이 있을 터였다. 하지만 장자 당호를 죽인 사람이 당령이라는 것을 감안한다면 아예 답이 없었다. 부모를 죽인 자가 불구대천(不俱戴天: 하늘 아래 같이 살 수 없는 원수)이라면 자식을 죽인 자 역시 마찬가지였다.

"그렇… 지. 쉽지는 않을 게야."

당추가 힘없이 고개를 끄덕였다. 이를 기회라 여긴 당룡이 몇 마디 말을 덧붙이려 하였으나 당추가 힘겨운 얼굴로 손을 저었다.

"하지만 그래도 어쩔 수 없는 일. 이 아이는 본 가의 오랜 숙적이라 할 수 있는 추망우를 죽였네."

추망우란 이름에 당룡과 당중의 몸이 그대로 얼어붙었다.

"오늘 벌어진 본 가의 참극 또한 그자가 개입되었다고 하더군. 만약 이 아이가 제때에 그자를 쓰러뜨리지 못했다면 어찌 되었을지 생각해 보게."

당룡과 당중은 아무런 말도 하지 못했다.

추망우가 없는 상황에서도 당가와 당가타는 말 그대로 초토화가 되었다. 당령이 없었다면 모조리 죽임을 당했을 터였다.

"오늘 일로 끝나지는 않았을 게야. 평생 혼자였던 그자가 개천회를 등에 업고 나타난 것이 무엇을 의미한다고 보는가? 놈은 무림에서 당가라는 이름을 아예 지우려고 했을 것이야. 이 아이가 그걸 막은 것이네."

당룡과 당중이 새삼스럽단 눈길로 당령을 바라보았다.

당가를 위기에서 구해냈을 때부터 강하다는 것은 느끼고 있었지만 추망우의 숨통까지 끊어버렸을 줄은 상상도 하지 못했다.

"이 아이가 본 가를 이끌어야 할 이유는 또 있네."

당추의 말에 당룡과 당중이 침을 꿀꺽 삼켰다.

"난세일세. 지금도 그렇지만 앞으로 더욱 격렬하게 변할 것이라고 보네. 그 와중에서 본 가가 살아남으려면 지금의 상태로는 턱없이 부족하네."

"큰조카라면 충분히 본 가를 이끌 수 있습니다."

당룡이 말했다. 하지만 어딘지 모르게 힘이 빠진 느낌이다.

"황도 충분히 능력은 있지. 하지만 난세를 헤쳐 나갈 수 있을 정도는 아니야. 게다가 오늘, 본 가와 당가타가 초토화가 되었네. 본 가가 살아남기 위해서라도 더욱 강력한 힘을 지닌 지도자가 나와야 하네. 해서 이 아이를 선택한 것일세."

"이 아이가 강하다는 것은 알지만……."

"단순히 강한 정도가 아닐세. 독중지성의 경지에 올랐네. 본 가에서, 아니, 전 무림사에서 누가 이런 경지에 이르렀단 말인가?"

당추의 말에 당룡과 당중은 물론이고 조용히 대화를 듣고 있던 이들 모두가 경악한 얼굴로 입을 쩍 벌렸다.

말은 참 많이 들었지만 정확히 어떤 경지인지 감도 오지 않는 이름이다. 그저 막연히 만독불침에 독을 자유자재로 쓸 수 있는 경지가 아닐까 정도로 이해하고 있던 그 독중지성. 다들 어떻게 받아들여야 할지 감을 잡지 못했다.

"그, 그게 사실이냐? 저, 정말 독중지성을……."

당령을 바라본 당룡은 당황하여 제대로 말을 잇지 못했다.

"글쎄요. 독중지성의 경지라는 것이 정확히 어떤 수준인지 알지는 못하지만 이 정도라면 가능하지요."

엷은 미소와 함께 당령이 창문 밖을 향해 가볍게 숨을 내뿜었다.

때마침 창문 밖 나뭇가지에서 노닐고 있던 새가 힘없이 추락했다. 새가 노닐던 나뭇가지가 삽시간에 시드는가 싶더니 천화원에서 가장 크고 아름다웠던 괴목(槐木)이 순식간에 말라죽었다.

괴목의 잎이 하나둘 떨어지기 시작하자 곳곳에서 탄성이 터져 나왔다.

당룡은 가벼운 숨결만으로 괴목을 고사시킨 당령의 능력에 감탄과 더불어 두려움을 느꼈다. 동시에 당추가 녹룡옥배를 당령에게 주려는 이유가 어쩌면 단순히 난세에서 당가를 지켜낼 수 있는 힘을 지녔기 때문이 아닐 수도 있다는 생각을 했다. 그리고 당령의 무력시위(?)와 그것을 본 식솔들의 탄성을 지켜보는 당추의 무거운 눈빛을 보며 자신의 생각이 틀리지 않음을 확신했다.

'가주는 두려워하시는구나. 저 아이의 힘이 외부가 아니라 본 가로 향할 것을.'

온몸에 소름이 돋았다.

당추의 걱정이 단순한 기우가 아닌 눈앞에 닥친 현실임을 제대로 직시한 것이다.

*　　　*　　　*

"웬 놈이냐?"

천랑단의 무인들이 칼을 빼 들며 소리쳤다.

낯선 자들의 등장에 크게 긴장했던 장림은 그들이 천랑단의 무인들이라는 것을 확인하곤 뛸 듯이 기뻤다. 내심 추격대를 걱정하고 있었는데 천랑단의 도움을 받는다면 북리연의 목숨을 무사히 지켜낼 수 있을 것 같았다.

"북해빙궁 호천단 소속 장림이라 하오. 천랑단의 호걸들이시오?"

북해빙궁이란 말에 금방이라도 칼을 빼 들고 공격을 할 듯 했던 사내들의 얼굴에 당황하는 기색이 어렸다. 잠시 소란이 일고 무리의 중앙에서 호피 모자를 쓴 사내가 모습을 드러냈다.

"천랑단의 설루라고 한다."

'설… 루? 아!'

장림은 눈앞의 사내가 낭왕의 둘째 제자임을 기억하곤 얼른 고개를 숙였다.

"장림이 설 대협을 뵙습니다."

"하하! 대협은 무슨. 아무튼 반갑군. 한데 대체 무슨 일인가?"

다른 사람도 아니고 북해빙궁 소속의 무인에게 대협이란 말을 듣자 괜스레 기분이 좋아 호탕하게 웃던 설루가 장림의 등에 업힌 북리연을 보곤 인상을 찌푸렸다.

"저, 적들의 기습을 받았습니다."

장림은 정면으로 부딪쳐서 깨졌다고 차마 말을 하지 못했다.

북해빙궁의 무인들이 누구를 쫓고 있는지 알고 있던 설루가 눈을 지그시 뜨며 물었다.

"적이라면 혹 풍월과 그 일당 놈들 말인가?"

"그, 그렇습니다."

"음, 놈들을 추격하는 인원이 꽤 되는 것으로 아는데. 더구나 추격대를 이끄는 사람이 바로……."

때마침 장림의 어깨 너머로 흘러내린 머리카락을 본 설루가 눈을 동그랗게 뜨며 말을 더듬었다.

"비, 빙… 후시라는 말을 들었는데……."

천랑단의 도움을 받아야 하는 상황에서 어차피 속일 생각이 없었던 장림은 순순히 고개를 끄덕였다.

"맞습니다. 제가 모시고 있는 분이 바로 빙후십니다."

"……."

설루는 물론이고 주변에서 장림을 에워싸고 있던 이들은 놀란 눈을 치켜뜨고 아무런 말도 하지 못했다.

북해빙궁을 넘어 북해무림에서 빙후라는 이름이 차지하는 비중은 대단하다.

더없이 차갑고 도도하고 선녀가 하강한 듯한 아름다운 미모도 미모지만 칠 년 전, 북리연이 빙제의 무공을 시험하고자 벌인 서른 차례의 비무행은 북해무림에 신선한 충격을 던졌다. 갓 스물을 넘긴 그녀는 단 한 번의 패배도 없이 북해 무림을 상징하는 강자들을 모조리 꺾은 것이다.

한데 그런 빙후가 정신을 잃고 수하의 등에 업히는 신세로 쫓기고 있으니 설루나 천랑단의 반응은 어찌 보면 당연한 것이라 할 수 있었다.

"아, 아무리 기습을 당했다고는 해도 천하의 빙후께서… 놈들의 실력이 예사롭지 않다는 말이 사실이었군. 하긴 사부께서 당하실 정도였으니까."

사부의 복수보다는 복수를 했을 때 천랑단의 새로운 주인이 될 수 있다는 희망에 부풀어 있던 설루는 초라한 몰골의 빙후를 보자 자신이 뭔가를 착각한 것은 아닌가 하는 의심이 들었다.

설루의 당황하는 모습을 뒤에서 지켜보던 중년인, 설루의 백부이자 강력한 후원자라 할 수 있는 천랑단 장로 설괴가 슬쩍 앞으로 나서며 물었다.

"혹 다른 이들은 보지 못했나? 우리보다 앞서간 이들이 있었는데."

"보지 못했습니다."

장림은 설괴가 말하는 자가 동유와 그의 수하들이라는 것을 알고 있었으나 모른 척했다. 동유가 인질이 되고 수하들이 몰살을 당했다는 것을 설루가 알아서 좋을 것은 없다 여긴 것이다.

"그런가? 흐음, 그 녀석들이 워낙 서둘러서 어쩔 수 없이 서두른 것인데. 길이 어긋난 모양이군."

설괴는 말을 하면서 장림의 눈치를 살폈지만 딱히 뭔가를 얻어내진 못했다.

"어찌해야 합니까, 백부?"

설루가 장림을 의식하며 물었다.

빙후가 이끄는 추격대가 당했다면 자신들만으로 풍월과 그 일행을 상대하는 것은 어림도 없었다. 애당초 그들이 풍월을 쫓아 이곳까지 온 것은 빙후와 그녀가 이끄는 추격대의 실력을 믿고 한 발 걸치기 위함이었으니까.

잠시 생각을 하던 설괴는 장림의 등에 업힌 북리연의 형편없는 몰골과 불안감으로 흔들리는 장림의 눈빛을 보며 결정을 내렸다.

"놈들을 잡아 낭왕의 복수를 하는 것도 중요한 일이기는 하나, 우선은 빙후를 무사히 구해야 할 것 같다."

설루가 반색하며 고개를 끄덕였다.

"같은 생각입니다."

장림은 그들의 결정에 안도의 한숨을 내쉬었다.

"북해빙궁은 오늘의 도움을 결코 잊지 않을 것입니다."

장림의 말에 설루는 입이 찢어질듯 환히 웃었다.

"당연히 해야 할 일이네. 하하하!"

설루와 설괴는 눈을 마주치며 의미심장한 미소를 지었다.

병력을 물리는 것이 풍월에 대한 두려움이 아니라 빙후의 목숨을 구하기 위함이니 체면이 떨어질 일이 없었다. 더구나 빙후의 목숨을 구하는 데 큰 공을 세운다면 설사 사부의 복수를 하지 못한다고 해도 천랑단을 장악하는 데 큰 무리가 없을 듯싶었다.

안타깝게도 두 사람의 미소는 결코 오래가지 못했다.

파스스슷!

날카로운 파공성과 함께 묵운과 묵뢰가 천랑단을 덮쳤다.

풍월의 공격을 가장 먼저 눈치챈 사람은 설괴였다. 하지만 그가 수하들에게 경고를 하려는 시점에서 묵뢰와 묵운은 가공할 위력을 뽐내며 천랑단을 도륙하고 있었다.

"으아악!"

"크악!"

"적이다!"

"조심해랏!"

사방에서 터져 나오는 비명과 외침. 주변은 순식간에 아비규환으로 변해 버렸다.

"빙후님을 보호해라."

장림이 목이 터져라 소리쳤다.

누가 명을 내리는 것은 중요하지 않았다. 빙후라는 이름 하나로 인해 장림 주변으로 천랑단원들이 일제히 모여들었다.

묵뢰와 묵운을 던진 후, 빠르게 질주하던 풍월이 허공으로 도약했다. 피를 잔뜩 머금고 돌아온 묵뢰를 낚아챈 풍월이 그대로 묵뢰를 내리그었다.

천마무적도 제이초식 천마우.

수십, 수백 가닥으로 쪼개진 강기가 벼락처럼 꽂혔다.

꽈꽈꽈꽝!

섬뜩한 파공성, 가공할 폭음과 함께 사방에서 비명이 터져 나왔다.

수십, 수백 가닥으로 쪼개진 강기에 직격당한 이들의 모습은 말로 표현하기가 힘들 정도로 처참했다.

단 한 번의 공격이었다.

그 한 번의 공격으로 무려 삼십이 넘는 인원이 목숨을 잃거나 그에 준하는 치명상을 당했다.

간신히 목숨을 부지한 자들이라 해도 사지 육신이 멀쩡한 사람은 아무도 없었다. 팔다리가 잘려 나가고 머리가 깨진 채 겨우 목숨만 붙어 있는 상태였으니 살아도 산 것이 아니었다.

지면에 내려선 풍월이 천천히 걸음을 내디뎠다.

천랑단, 정확히는 설괴의 필사적인 노력 덕분으로 겨우 목숨을 구한 장림과 북리연을 향해서였다.

풍월의 공격에서 북리연을 구하려다 한쪽 팔을 잃은 설괴가 비틀거리며 막아섰다.

"네, 네놈이 감히……."

설괴의 머리가 허공으로 치솟았다.

묵운으로 설괴의 목을 날린 순간, 풍월을 막을 수 있는 사람은 아무도 없었다. 아직도 오십 가까운 인원이 살아 있음에도 누구 하나 움직이지 못했다. 심지어 설괴의 복수를 하고 수하들을 이끌어야 할 설루는 겁에 질린 얼굴로 뒷걸음질을 치고 있었다.

"쓰레기 같은 놈!"

차가운 외침과 함께 형응의 검이 움직였다.

설루는 외마디 비명도 지르지 못한 채 목이 잘려 쓰러졌다.

땅에 떨어져 한참을 구른 설루의 머리는 공교롭게도 설괴의 주검 옆에서 멈췄다.

기괴한 모습으로 서로를 마주 보게 된 설루와 설괴, 그들의 비참한 모습을 힐끗 바라본 풍월이 이내 고개를 돌려 장림을 응시했다.

"올 때는 마음대로 왔지만 갈 때는 그럴 수 없지."

"다, 닥쳐랏!"

장림이 풍월을 향해 칼을 겨누며 소리쳤다.

악에 받친 외침과는 달리 풍월을 향한 칼은 덜덜 떨리고 있었다.

쉬익!

나직한 파공성과 함께 형응의 검이 움직였다.

좌측에서 날아든 검이 자신의 목숨을 노림에도 장림은 전혀 반응하지 못했다. 그의 눈은 오직 풍월에게 고정된 채였다.

섬뜩한 기운에 장림의 몸이 흠칫했다. 비로소 형웅의 공격을 인식한 장림은 두 눈을 질끈 감고 말았다.

형웅의 검이 장림의 목을 베어가는 찰나, 장림의 등에 죽은 듯 업혀 있던 북리연의 손이 번개처럼 움직였다.

피처럼 붉게 변한 그녀의 손이 형웅의 심장을 노렸다.

누구도 예상치 못한 기습이었다.

자신이 정신을 차렸다는 것을 숨기고 은밀히 기운을 끌어모은 북리연은 단 한 번의 기회를 노렸다. 그 상대가 풍월이 되었든 아니면 형웅이 되었든 상관은 없었다. 어차피 죽음을 피할 수 없는 상황이라면 둘 중 하나는 반드시 데리고 갈 생각이었다.

마침내 기회가 왔다.

풍월이라면 조금 더 좋았을 터지만 형웅도 상관없었다.

설루와 설괴의 죽음으로 이미 전의를 상실한 천랑단은 물론이고, 심지어 풍월마저도 깜짝 놀랄 정도로 그녀의 기습은 완벽하고 치밀했다.

단 한 사람, 형웅만큼은 달랐다.

장림의 목을 베어버리는 순간, 형웅의 왼손에는 어느새 한 자루의 비도가 들려 있어 심장으로 짓쳐들던 혈옥수를 가로막았다.

병장기가 부딪치는 듯한 소리와 함께 비도가 산산조각이

났다. 북리연이 최후의 기력을 짜내 펼친 혈옥수를 감당하기엔 비도의 힘이 너무 약했다.

하지만 상관은 없었다.

애당초 형웅은 그 조그만 비도로 혈옥수를 막을 수 있다고 생각하지 않았다. 그저 잠깐의 시간을 벌기 위한 용도였고 비도는 그 기대에 충분히 부응했다.

비도가 혈옥수에 부딪쳐 산산조각이 나던 그 찰나의 순간, 장림의 목을 벤 검이 급격히 방향을 바꿔 북리연의 오른쪽 가슴을 꿰뚫자 형웅의 심장을 노리던 혈옥수 또한 전진을 멈췄다.

온 세상이 하얗게 변하는 고통 속에서도 북리연은 어떻게든 형웅의 심장을 취하고자 했으나 가슴에 박힌 검으로 인해 한 치도 나아갈 수가 없었다. 동시에 급격히 힘이 빠졌다.

"어떻게 알았냐?"

풍월이 놀란 눈으로 물었다.

"감이죠."

"감이라……."

풍월이 이해하지 못하겠다는 표정을 짓자 형웅이 웃으며 말했다.

"형님은 제가 누군지 잊은 모양입니다. 목표를 제거하기 위해 수백 가지의 방법을 연구하는 곳의 수장입니다. 이 정도기만술을 눈치채지 못한다는 것은 말도 안 되지요. 설사 눈치를 채지 못한다고 해도 북리연 정도의 강자를 상대할 때는 최상의 상황에서도 최악의 경우를 가정하라고 귀에 인이 박히도록 배웠습니다. 그것이……."

형웅이 북리연의 가슴에 박혀 있는 검을 비스듬히 돌려 뺐다. 고통을 느낀 것인지 북리연의 몸이 퍼득거렸지만 형웅의 손길은 가차 없었다.

"제 목숨을 구했지요."

형웅의 말이 끝나는 것과 동시에 북리연의 신형 또한 천천히 무너져 내렸다.

북리연은 의식이 끊어지는 마지막 순간까지도 풍월과 형웅에게 향한 시선을 거두지 않았다.

북해빙궁이 배출한 천재이자 북해무림의 절대적인 추앙을 받고 있던 빙후는 그렇게 최후를 맞이했다.

무심한 시선으로 북리연의 죽음을 지켜보던 풍월이 어정쩡하게 서 있는 천랑단을 보며 말했다.

"끓어라."

나직한 음성이었으나 내력이 실렸기 때문인지 모두의 귀에 똑똑하게 들렸다.

천랑단원들이 저마다 눈치를 보며 딱히 어떤 반응을 보이지 않자 형웅이 곧바로 응징했다.

"크악!"

외마디 비명과 함께 누군가의 팔이 허공으로 치솟았다.

그때를 기회 삼아서 도망을 시도한 자들이 있었으나 빛살만큼이나 빠른 형웅의 움직임은 그들의 도주를 결코 용납하지 않았다.

형웅이 도주한 자들의 숨통을 끊고 원래의 자리로 돌아오는 데는 몇 호흡도 걸리지 않았다.

"꿇어!"

따르지 않으면 어찌 된다는 것을 바로 앞에서 본 천랑단원은 형웅의 살기 어린 음성에 곧바로 반응했다.

천랑단원들이 모조리 무기를 버리고 그 자리에서 무릎을 꿇었을 때 뒤쪽 숲에서 커다란 박수 소리가 터져 나왔다.

"짝짝짝! 이야! 장관이네! 우리 막내가 아주 제대로야!"

박수를 치며 등장하는 구양봉을 필두로 피투성이가 된 얼굴을 아직도 제대로 닦지 않은 공각과 유연청, 황천룡이 줄줄이 모습을 보였다.

"몸은 좀 어때요?"

풍월이 공각을 향해 물었다.

"빨리도 물어본다. 그렇게 걱정되면서 어째서 나를 버리고 간 거냐?"

"버린 게 아니라 믿고 간 겁니다. 땡중 형님이 놈들을 막아

줘서 빙후라는 여자와 영감들을 편하게 상대할 수 있었고요. 놈들이 제법 뛰어난 합격진을 펼치는 것 같던데 설마 크게 다친 건 아니지요?"

풍월의 말에 공각이 코웃음을 쳤다.

"십팔나한진, 백팔나한진을 익혀온 나야. 어림없지."

"자랑이다. 그래서 이 꼴이냐?"

구양봉이 공각의 상처를 툭 건드리며 비웃었다.

"크으! 부상 때문에 제대로 따라붙지도 못한 주제에 어디서 끼어들어? 그리고 말은 이렇게 해도 풍 아우 말대로 놈들의 합격진은 결코 만만치 않았다. 무당의 오행검진을 흉내 낸 것 같은데 단순히 흉내라고 하기엔 묘하게 위협적이었단 말이지. 게다가 각 검진이 또 하나의 커다란 검진을 이루는 것은 마치 본 가의 십팔나한진이 백팔나한진을 이루는 것 같기도 했고. 하지만 오히려 그게 놈들의 실수지. 어떤 연결 고리가 약점이고 강점인지 한눈에 들어왔으니까. 그리고 예상대로… 읍!"

황천룡이 장황하게 떠들어대기 시작하는 공각의 입을 틀어막았다.

"어후! 누구 말대로 물에 빠지면 정말 주둥이만 둥둥 뜰 거야. 기왕 다칠 거면 이 주둥이나 다칠 것이지 쓸데없는 곳만 다쳐."

"읍읍."

답답함을 참지 못한 공각이 발버둥치자 황천룡이 더욱 강하게 입을 틀어막았다.

"손님이 왔는데 인사를 할 시간은 줘야 할 것 아냐!"

그제야 잠잠해지는 공각을 느끼며 손을 푼 황천룡이 풍월을 보며 말했다.

"너를 찾아온 손님이 있다. 꽤나 멀리서……."

고개를 돌리던 황천룡은 손님이 보이지 않자 황당한 표정을 지으며 유연청에게 눈짓했다.

"전서구를 묻고 온다고 했어요."

"전서구? 조금 전에 도착한?"

"예."

"죽었습니까?"

유연청이 고개를 끄덕이자 황천룡이 어이가 없다는 얼굴로 말했다.

"세상에! 살다 살다 전서구가 지쳐서 죽는 꼴은 처음 보네요. 하긴 여기까지 날아왔으니 그럴 만도 하지만."

"지쳐서 죽은 것이 아니라 공격을 당한 거예요. 날개가 부러진 걸 못 봤어요?"

"그랬… 습니까?"

유연청의 핀잔에 전서구 따위엔 별 관심이 없던 황천룡이 머리를 긁적거렸다.

"누가 왔길래 그래요?"

대답은 황천룡이 아니라 구양봉의 입에서 흘러나왔다.

"깜짝 놀랄걸. 나도 아까 얼마나 놀랐는지 모른다."

"누구길……."

풍월이 재차 물으려는 찰나, 수풀이 흔들리며 손님으로 추정되는 사내가 모습을 드러냈다.

봉두난발한 머리카락에 해골처럼 피골이 상접한 얼굴 때문에 금방 알아보지는 못했지만 분명 아는 사람이었다.

"풍 공자!"

사내가 반갑게 웃으며 달려왔다.

"아!"

풍월은 목소리를 듣고서야 사내가 누군지 알 수 있었다.

"은 형 아닙니까? 세상에!"

"제가 누군지 기억하십니까, 공자?"

패천마궁 묵영단 소속 요원 은혼이 감격에 찬 얼굴로 물었다.

"당연하지요. 제가 어찌 은 형을 잊겠습니까? 우리가 함께 한 날이 며칠인데요. 그런데 어떻게 여기까지 온 것입니까? 아니, 그보다 궁주님이나 군사께선 잘 계십니까? 좋지 않은 일을 당했다고 들었습니다."

풍월의 입에서 쏟아지는 말은 공각만큼이나 빨랐다.

"군사께선 잘 계십니다만 궁주님께선……."

은혼이 어두운 표정으로 말끝을 흐렸다.

풍월은 마존 독고유가 개천회와 손을 잡은 수하들의 반역으로 인해 권좌에서 쫓겨날 때 큰 부상을 당했다는 것을 기억하며 걱정스러운 안색을 굳혔다.

"아직도 부상에서 회복하지 못하신 겁니까?"

"예, 그래도 제가 궁주님의 명을 받고 공자님을 찾아 떠나올 때만 해도 많이 좋아지셨습니다."

"후! 벌써 시간이 얼만데. 대체 얼마나 심하게 다치셨기에 그리 오래 고생하신답니까?"

풍월이 조금은 답답한 얼굴로 물었다.

"불경스럽지만 당시 그 누구도 궁주님이 살아나실 거라 생각하지 못했습니다. 심지어 군사님마저도 궁주님의 사후를 준비할 정도였으니까요."

은혼의 말에 곳곳에서 탄식이 터져 나왔다. 특히 중원무림의 정보를 한 손에 장악하고 있다고 자부하던 구양봉의 놀람은 컸다.

"패천마궁의 궁주께서 큰 부상을 당했다는 것은 알고 있었지만, 설마하니 그 정도로 심각할 줄은 몰랐습니다."

"당연합니다. 군사께서 모든 정보를 철저하게 차단을 했으니까요. 역정보도 흘리고. 대부분의 무림인들은 아직도 궁주님의 생사조차 모르고 있습니다."

"그랬군요. 어쨌든 차도가 있으시다니 다행입니다. 한데 궁주께선 은 형을 왜 제게 보내신 겁니까?"

풍월의 물음에 은혼이 가볍게 숨을 몰아쉬곤 말했다.

"궁주님께서 풍 공자를 모셔오라 명하셨습니다."

"저를요?"

풍월이 눈을 동그랗게 뜨며 반문했다.

"예."

"왜요?"

"그건 알지 못합니다."

"아니, 그래도……."

독고유가 자신을 찾는 이유를 짐작하지 못해 잠시 미간을 찌푸리던 풍월이 고개를 갸웃거렸다.

"그렇다고 해도 굳이 은 형이 이 먼 곳까지 올 필요는 없었잖아요. 전서구를 이용하거나 다른 사람을 시켜도 될 텐데요."

"바보냐? 우리 쪽에 저들과 연결되는 사람이 있으면 모를까 패천마궁에서 날린 전서구를 누가 받아?"

구양봉이 한심하단 얼굴로 핀잔을 주었다.

"아! 그러네요."

"'아!'는 얼어 죽을! 그리고 은 형이 직접 이곳까지 너를 찾아왔다면 이유는 간단하잖아."

구양봉의 강렬한 시선이 은혼에게 향했다.

"무슨 일이 있어도 너를 만나야겠다는 궁주님의 강력한 의지지. 맞죠?"

"예, 그렇습니다. 무슨 일이 있어도 반드시 모시고 오라 명하셨습니다."

무겁게 고개를 끄덕인 은혼이 느닷없이 무릎을 꿇었다.

"왜 이래요?"

당황한 풍월이 은혼의 팔을 잡았지만 은혼은 꿈쩍도 하지 않았다.

"조금 전, 군사께서 전서구를 보내셨습니다."

"아! 죽었다던 그 전서구!"

분위기 파악을 하지 못하는 황천룡의 외침에 저마다 눈치를 주었다.

"패천마궁에 무슨 일이 생긴 겁니까?"

"차도가 있는 줄 알았던 궁주님의 병세가 급격히 악화되고 있다고 합니다. 최대한 빨리 풍 공자님을 모셔오라고… 부탁드립니다, 풍 공자. 저와 함께 패천마궁으로 가주셨으면 합니다."

은혼이 땅바닥에 머리를 조아리며 간절히 청을 했다.

"아니, 그게……."

바로 대답을 하지 못하던 풍월이 은혼을 향해 손짓했다.

"일단 일어나 봐요."

풍월의 손짓에 엎드리고 있던 은혼의 몸이 저절로 일어났다.

"우리가 그동안 몇 개나 박살 냈지?"

풍월이 구양봉에게 물었다.

"대충 대여섯 곳 되는 것 같은데."

"흠, 이만하면 어느 정도 성과는 거둔 건가?"

"당연하지. 그동안 우리가 박살 낸 문파들을 생각해 보라고. 북해빙궁 입장에서 어느 하나 중요하지 않은 문파가 없었다. 장백파에서 화룡점정을 찍었고."

"아니지. 화룡점정은 추격대."

공각이 슬며시 끼어들었다.

"그래, 추격대. 내가 오면서 확인해 보니까 너희들이 날려 버린 영감들의 정체가 무려 십천이더라고. 중원무림의 모든 이들이 이를 가는 북해빙궁의 괴물 같은 원로들."

구양봉의 시선이 잠깐 동안 북리연에게 향했다.

"게다가 빙후까지 저 꼴이 된 걸 알면 아마 난리가 날 거다. 그리고 솔직히 우린 할 만큼 했어. 지금껏 중원무림의 그 누구도, 세력도 해내지 못한 일을 우리가 해낸 거라고. 충분해. 충분하다 못해 차고 넘쳐."

"그렇긴 한데 뭔가 조금 아쉽네."

풍월이 입맛을 다셨다.

"아쉽긴 뭐가 아쉬… 설마 진짜 북해빙궁까지 갈 생각이었던 거냐? 그거 농담 아니었어?"

구양봉이 눈을 동그랗게 뜨고 물었다.

"농담 아닌데. 기왕 칼을 빼 들었으니 제대로 휘두르려고 했지."

"……."

구양봉을 비롯한 모든 이들이 멍한 눈으로 풍월을 바라보았다. 최종 목표가 북해빙궁이라고 농담처럼 서로가 얘기하기는 했지만 설마하니 정말로 칠 생각을 할 줄은 몰랐기 때문이다.

"쯧쯧, 다들 표정이 왜 그래? 그 정도 생각도 없이 여기까지 온 거야?"

혀를 찬 풍월이 여전히 무릎을 꿇은 채 떨고 있는 천랑단원들을 힐끗 바라보며 말했다.

"흠, 중원무림이 어찌 돌아가는지 궁금하기도 하고 마존 영감님도 만나야 할 것 같네. 부상도 부상이지만 이토록 급히 나를 찾는 걸 보면 아무래도 패천마궁에 심각한 일이 벌어질 것 같단 말이지. 아, 물론 뒤처리는 확실하게 하고."

뒤처리라는 말에 공각이 히죽 웃으며 천랑단원들을 향해 움직이자 형응이 조용히 그 뒤를 따랐다.

형응과 공각이 움직일 때마다 단전이 부서진 천랑단원들의 입에선 찢어지는 비명이 터져 나왔다.
비명이 잦아들 때 풍월이 몸을 빙글 돌리며 소리쳤다.
"자, 돌아갑시다!"

제82장

귀환(歸還)

당령의 욕망과 힘을 꿰뚫어 본 당추. 그런 당추의 마음을 헤아린 당룡과 당중의 동의로 당령은 당가의 신물인 녹룡옥배의 주인이 될 수 있었다.

외부에 나가 있는 당황을 비롯하여 당령에 대한 반감이 깊은 이들과의 관계를 정립해야 하는 일이 남아 있었다. 하지만 현 가주 당추가 직접 녹룡옥배를 물려준 이상 당령은 정통성과 명분을 양손에 쥔 것이나 다름없었다.

당룡과 당중 등을 증인으로 하여 당령에게 녹룡옥배를 전해준 당추는 마치 자신이 해야 할 일을 다 했다는 듯 바로 정신을 잃고 혼수상태가 되었다.

당룡 등의 필사적인 노력으로 몇 번 정신을 차리기는 했으나 단지 그때뿐이었다. 그렇게 몇 번이나 정신을 잃고 다시 되찾기를 거듭하던 당추는 신기당에 갔다가 초췌한 몰골로 돌아온 당유한과 몇 마디 말을 나누곤 그의 품에 안겨 조용히 숨을 거뒀다.

큰 고통 없이 비교적 편안한 얼굴로 눈을 감았지만 그 옛날, 독괴 추망우의 공격으로 땅에 떨어졌던 당가의 명성을 회복시키고 어느 때보다 당가의 세를 넓혔던 영웅에게는 어울리지 않는 초라한 죽음이었다.

만독방과 개천회의 공격으로 인해 당가는 가주 당추를 비롯하여 구 할 이상의 식솔들을 잃었고, 당가타는 칠 할 가까운 주민이 헛되이 목숨을 잃었다. 그들 모두가 따지고 보면 한 가족이나 다름없는 이들. 생존자들이 겪는 절망과 슬픔은 상상을 초월할 정도였다.

부친의 주검을 안고 오열하던 당유한과 조용히 물러나 있던 당령이 다시 마주한 것은 당추의 시신을 관에 안치한 후였다.

당유한이 힘들고 지친 기색이 역력한 표정으로 천화원 별실로 들어서자 당령이 그의 품으로 파고들었다.

"아… 버… 지."

당령의 몸이 파르르 떨리고 눈에선 어느새 굵은 눈물이 흘러내렸다.

"그래. 무사히 돌아왔구나, 우리 딸."

당유한이 부드러운 미소를 지으며 당령의 머리를 쓰다듬었다.

당유한의 품에 안겨 한참이나 울던 당령이 천천히 물러났다. 소매로 눈물을 닦던 당령이 당유한의 왼쪽 눈을 가리고 있는 안대를 보며 흠칫 놀랐다.

"그… 눈 어찌 된 거예요?"

"아, 이거."

당유한이 안대를 슬쩍 비비며 대수롭지 않게 말했다.

"내가 뽑아버렸다."

"저 때문이군요."

당령이 자책하자 당유한이 그녀의 머리를 가만히 쓰다듬었다.

"아니, 나 때문이다. 내가 너의 마음 깊은 곳에 자리한 욕심을 알면서도 혈루비와 염왕사를 주었으니까. 어쩌면 나는 천마동부에서 벌어질 일을 예상하고 있었는지도 모른다."

"……."

"화산의 소식이 본 가에 전해졌을 때 세가의 모든 사람들은 네가 죽었다고 여겼지만 난 믿지 않았다. 풍월이란 자의 공격을 받고 추락한 것이 아니라 네가 스스로 뛰어내렸다는 말을 듣고 반드시 살아 있을 것이라 여겼다. 스스로 뛰어내린 것과 어쩔 수 없이 추락한 것은 분명 다르거든. 내가 아는 한 우리 딸은 어떠한 상황에서라도 쓸데없이 목숨을 버릴 아이가 아니다. 언젠가는 꼭 돌아오리라 믿었다. 그때까지 굳건히 버텨야 했다. 세가에서 살아남아야 했다. 너도 알 것이다. 제 아무리 신기당주라 하더라도 가주의 허락 없이 혈루비와 염왕사를 외부로 유출시킨 죄는 결코 용납될 수 없음을. 해서 눈을 버렸다. 눈을 버림으로써 신기당주에서 물러나는 정도의 가벼운 처벌만 받을 수 있었다. 사실 큰형님 덕분이었지. 설사 눈을 버린다고 해도 쉽게 용서받을 수 있는 죄가 아니었는데. 큰형님이……."

당유한은 당호가 당령에게 목숨을 잃었다는 것을 알면서도 자신을 두둔해 주었던 당황의 모습을 떠올리며 착잡한 표정을 감추지 못했다.

"결국 저 때문이네요."

슬픈 얼굴로 안대를 만지는 당령. 그 순간, 그녀의 얼굴 한쪽을 가리고 있던 머리카락 사이로 망가진 얼굴이 드러났다.

"너!"

당유한이 놀란 눈을 부릅뜨자 당령이 얼른 얼굴을 가렸다.

"어, 어찌 된 거냐? 그 예쁜 얼굴이……."

당유한은 덜덜 떨리는 음성으로 말을 잇지 못했다.

"벌을 받은 거지요."

당령이 애써 밝은 표정을 지으며 말했다.

"누가 그리 만든 것이냐? 그 풍월이란 놈이냐?"

당령이 살짝 고개를 끄덕이자 분노를 참지 못한 당유한이 탁자를 후려치며 욕설을 내뱉었다.

"찢어 죽일 놈! 감히 누구의 얼굴을!"

"괜찮아요. 그에 상응하는 능력을 얻었잖아요. 그에 비하면 얼굴 따위는 아무것도 아니에요."

당령이 부드러운 웃음을 지으며 말하자 당유한은 애써 흥분을 가라앉혔다.

"만독마존의 무공을 완성시킨 것이냐?"

"그 이상이죠."

당령이 배시시 웃으며 손을 내젓자 그녀의 손끝에서 뿜어져 나간 기류가 탁자 위에 올려져 있는 소나무 분재를 가볍게 훑고 지나갔다.

그토록 푸르게 빛나던 솔잎이 삽시간에 시들고 가지는 말라비틀어져 툭툭 끊어졌다.

당유한은 놀란 기색을 감추지 못하고 침을 꿀꺽 삼켰다.

"할아버지께서 그러셨지요. 독중지성의 경지를 이뤄낸 것이라고."

"독… 중… 지성이더냐!"

당유한이 기쁨을 감추지 못하고 부르짖었다.

"잘했다. 장하다, 우리 딸!"

당령이 당가는 물론이고 무림사 그 누구도 오르지 못한 경지에 이르렀다는 것에 감격하며 당유한은 당령의 얼굴을 몇 번이고 쓰다듬었다.

당령이 의식적으로 얼굴을 돌려 망가진 얼굴에 손길이 닿는 것을 피했지만 기쁨을 주체하지 못하고 있던 당유한은 그마저도 의식하지 못했다.

한참이나 기쁨을 만끽하던 당유한이 계속 궁금해하던 것을 물었다.

"지금껏 어찌 지내온 것이냐? 화산에서 본 가에 보내온 소식에 의하면 네가 절벽에서 뛰어내린 후, 아무도 네 모습을 보지 못했다고 했는데."

"당연해요. 그들이 발견하기 전에 독괴의 손에 끌려갔으니까요."

"독괴? 추… 망우?"

당유한이 놀라 물었다.

"예, 그날 이후, 꽤나 힘든 나날이 있었지요."

당령은 추망우의 포로가 된 후부터 마침내 무공을 회복하고 추망우의 내력을 모조리 빼앗은 뒤 그의 숨통을 끊어버리기까지 겪은 온갖 사연들을 차분히 풀어놓았다.

추망우의 노리개가 되어 온갖 치욕을 당했으며 무공을 회복하기 위해 채양흡정색혼술을 사용해 추망우는 물론이고 그의 수하들의 내력까지 갈취한 일들은 거론하지 않았다. 그저 만독마존의 무공을 탐낸 추망우의 욕심을 이용해 시간을 벌고 만독마존의 무공을 완성하는 과정을 적절하게 각색하여 꾸며댔을 뿐이다.

하지만 당유한은 여인으로서 당령이 어떤 고초를 겪으며 지금껏 버텼을지 능히 짐작하고 있었다. 다만 서로에게 너무도 참담하고 아픈 상처였기에 그냥 모른 척해주었다.

"아무튼 네가 녹룡옥배를 받았으니 이제 당가의 주인은 너다."

당유한은 당령의 앞에 놓인 녹룡옥배를 지그시 응시하며 말을 이었다.

"하지만 많은 사람들이 받아들이지 못할 것이다."

"알아요."

"특히 큰형님은 더욱 그렇겠지. 어쩌면 당장 칼부림이 날 수도 있을 것이고."

"그렇겠지요."

잔뜩 걱정을 하고 있는 당유한과는 달리 당령은 그다지 대수롭지 않다는 얼굴이었다.

"다른 사람은 상관하지 않으마. 하지만 큰형님이나 네 사촌들은 아니야. 함부로 손을 쓰지 않았으면 좋겠다."

물끄러미 당유한을 바라보던 당령이 엷은 미소를 지었다.

"아버지도 많이 약해졌네요. 내 마음속 깊은 곳에 어떤 욕심이 깃들어 있는지 뻔히 알면서도 염왕사와 혈루비를 챙겨주던 모습은 온데간데없어졌어요."

"내 부탁이 아니야. 할아버지의 마지막 유언이다."

"예?"

할아버지의 유언이란 말에 당령이 미간을 찌푸렸다.

"네 할아버지께서 돌아가시기 직전 내게 몇 번이나 당부하셨다. 돌아가시는 분께 차마 그렇겐 못 하겠다고 할 수가 없어서 알았다고 말씀은 드렸지만……."

잠시 고민하던 당유한의 눈빛이 갑자기 차가워졌다.

"아니다. 할아버지껜 죄송하지만 산 사람은 살아야지. 큰형님께서 너를 인정하지 못한다면 과감하게 배제해도 좋다. 그게 당가를 위해서도 좋아. 지금 같은 상황에서 내분의 기미가 보이는 것은 결코 도움이 되지 않으니까."

당유한의 각오를 들으며 당령의 입가에 다시금 미소가 지어졌다.

"너무 걱정하지 마세요. 받아들이기 쉽지는 않겠지만 다들 절 인정하게 될 거예요. 식솔들의 복수를 하기 위해서라도 제

힘이 필요할 테니까요."

자신만만하게 말하는 당령을 보며 당유한은 씁쓸하게 웃었다.

'자식을 잃은 아비의 마음을 네가 어찌 알겠느냐? 다른 사람은 몰라도 큰형님은 쉽지 않을 게다.'

하지만 그는 몰랐다.

당가의 미래를 구상하는 당령의 뇌리에 애당초 당황의 자리는 존재하지 않는다는 것을.

*　　　*　　　*

중양절 아침, 중원 무림 전역에서 동시다발적으로 시작된 개천회, 그리고 그들과 연계하고 있는 마련, 환사도문, 북해빙궁의 대대적인 공세에 무림이 발칵 뒤집혔다.

그 공세의 주역들이 지난날 침옥에서 탈출하여 기적적으로 생환한 자들이라는 것과 애당초 그들의 탈출 자체가 개천회의 음모라는 사실이 밝혀졌을 때, 무림은 상상할 수도 없는 충격을 받았다.

대다수의 문파와 세가들이 생환자들의 맹활약(?)으로 치명적인 타격을 당했다. 하지만 남궁세가처럼 제갈세가의 충고를 외면하지 않고 적극적으로 받아들인 곳에선 오히려 적들의 음모를 역으로 이용하여 상당한 전과를 올리기도 했다. 하나, 그 수는 개천회가 노린 목표 중 삼 할이 채 되지 않았다.

무림의 역사에서 어쩌면 최악의 참사로 기억될 그날, 가장 치열한 공방을 펼치고 서로에게 엄청난 피해를 안긴 싸움은 소림을 중심으로 하는 강북무림과 북해빙궁이 맞서고 있는 전장에서 벌어졌다.

중양절 아침, 극락분에 굴복한 생환자의 마수가 소림사를 덮치고 강북무림의 핵심이라 할 수 있는 소림사의 전력이 절반 이상 무력화되는 시점에서 북해빙궁의 공격이 시작됐다.

하지만 중양절에 대대적인 공격이 있을 것이라는 익명의 제보로 인해 만반의 준비를 갖추고 적을 기다리고 있던 소림사와 강북무림의 반격은 결코 만만치 않았다.

반나절 동안 이어지던 싸움은 소림사의 방장이 북해빙궁의 궁주와 맞서다 목숨을 잃으면서 끝이 났다. 소림사 방장의 목숨을 빼앗는 데 성공한 북해빙궁이 미련 없이 철수를 한 것이다.

비록 기습치고는 피해가 컸고 생각만큼 전과를 얻지는 못했으나 정무련주가 공석이 된 지금, 사실상 정도무림의 수장이라 할 수 있는 소림사 방장의 목숨은 그 모든 것을 상쇄할 수 있는 엄청난 전과였다.

수장을 잃은 소림사와 강북무림이 초상집처럼 변해 버린

것과는 반대로 북해빙궁은 승리의 기분을 마음껏 만끽했다.

하지만 다음 날 오후에 전해진 한 장의 서찰은 축제 분위기로 들떠 있던 북해빙궁 진영을 경악과 분노, 깊은 슬픔과 절망에 빠뜨렸다.

추격을 멈추라는 궁주의 명에도 불구하고 풍월과 그 일행을 쫓던 추격대의 몰살.

궁주의 호위를 책임지던 최정예 호천단원들의 죽음도, 북해빙궁의 대들보라고 할 수 있는 십천의 죽음도 뭐라 말할 수 없는 큰 아픔이요, 슬픔이었다. 하지만 북해빙궁의 미래이자 북해무림의 꽃이라 칭송받는 빙후 북리연의 죽음이 불러온 충격은 상상을 초월할 정도였다.

북리연의 죽음을 확인한 북리천은 그 자리에서 피를 토하고 혼절했다. 그 이후에도 몇 번이나 울부짖으며 혼절을 거듭하며 모든 이들을 걱정케 했다.

하늘마저 뚫고 올라갈 정도로 치솟던 사기도 바닥에 떨어졌다. 이미 풍월과 그 일행에게 당했던 문파와 세가의 무인들은 당장 복수를 해야 한다고 주장했고, 언제 공격을 당할지 모르는 문파의 사람들 역시 우려의 목소리를 높였다. 심지어 중원 공략을 포기하고 회군을 해야 한다는 말이 나올 정도였다.

그런 어수선한 분위기 속에서 북해빙궁의 수뇌들이 화연당에 모였다.

북해십천의 수좌 북리강이 화연당에 들어서자 심각한 표정으로 앉아 있던 수뇌들이 일제히 자리에서 일어났다.

"다들 앉지."

북리강이 가볍게 손을 저으며 자리를 권했다.

"궁주님은 아직입니까?"

육좌 북리편이 엉거주춤 앉으며 물었다.

"조금은 시간이 걸릴 듯하군."

북리강이 힘없이 고개를 저었다.

철혈의 심장을 지녔다고 평가받는 북리천이지만 다른 사람도 아니고 어린 여동생의 죽음이다. 잘 돌봐달라는 부모님의 유언이 아니더라도 딸처럼 키운 북리연의 죽음은 북리천에게 심적으로 엄청난 타격을 입혔다.

"분위기는 어떠하냐?"

북리강이 얼마나 울었던지 눈이 퉁퉁 부은 북리건에게 물었다.

"본궁의 제자들은 어느 정도는 진정이 되었습니다. 다만 다른 이들의 동요는 여전합니다."

"회군의 얘기까지 나오고 있다던데 사실이냐?"

"예, 하지만 걱정하실 정도는 아닙니다. 그저 우려 섞인 말을 전하는 과정에서 나온 의견일 뿐입니다."

"그런 의견들이 모여 대세가 되는 것이다."

북리건의 말을 일축한 북리강의 시선이 먼 쪽 탁자에 앉아 있는 중년 사내에게 향했다. 커다란 덩치에 부리부리한 호목(虎目)이 무척이나 인상적인 인물이었는데 동방호의 죽음으로 사실상 장백파의 문주가 된 동방결이었다.

"자네는 어찌 생각하나? 궁주님의 허락만 떨어지면 당장에라도 달려갈 것이라 했던 것 같은데. 아직도 그 생각엔 변함이 없는 것인가?"

"마음은 그렇습니다만 결행하기는 쉽지 않을 것 같습니다."

"어째서?"

"가장 중요한 것은 그자들의 이후 행보입니다. 만약 그들이 장백파로 만족을 하여 중원으로 되돌아온다면 굳이 추격을 하러 갈 필요 없이 이곳에서 기다리면 된다고 봅니다. 소림사와 개방을 제물로 삼아서요. 하지만 만약 장백파로 만족하지 못하고 그 이상을 원한다면……."

잠시 말을 끊으며 수뇌들의 표정을 살핀 동방결은 그들 모두가 자신의 말에 집중하는 것에 만족하며 말을 이었다.

"당연히 추격대를 보내야겠지요. 앞서 움직인 추격대가 놈들을 막는 것이 최상이었으나 실패를 한 이상 솔직히 지금 움직인다고 해도 이미 많이 늦었습니다. 그렇다고 해도 추격대를 보내야 할 것입니다. 놈들이 마음껏 활개를 치며 돌아다닌

다면 북해무림은 그야말로 쑥대밭이 될 것입니다. 단, 이곳의 전력이 약해지는 것을 감수하고서라도 반드시 놈들을 제거할 수 있는 최강의 추격대를 꾸려야 합니다. 물론 그중 한 자리는 제 것입니다."

"제 자리도 비워주셨으면 합니다."

동방결과 어깨를 나란히 하고 있던 낭왕 야율진의 큰아들 야율표가 조용히 말했다.

친분이 두터웠던 동방호와 낭왕만큼이나 동방결과 야율표 역시 피를 나눈 형제처럼 사이가 좋았다.

"추격대도 추격대지만 우선은 할 수 있는 것부터 했으면 좋겠습니다."

동방결과 마찬가지로 풍월에게 부친을 잃으며 사실상 봉황문의 문주가 된 모용운이 입을 열었다.

"할 수 있는 것이라니?"

북리강이 되물었다.

"놈이 우리에게 피눈물을 흘리게 했으니 우리 또한 놈의 눈에서 피눈물을 흘리게 해주자는 말입니다."

"자세히 말해보게."

다소 뜬구름 잡는 소리에 북리강의 음성이 살짝 까칠해졌다.

"항주에 놈의 식솔이 있는 것으로 압니다."

순간, 크게 소란이 일었다. 모용운이 항주와 식솔을 거론했을 때 피눈물을 흘리게 해줘야 한다는 말이 무슨 의미인지 금방 눈치챈 것이다.

"지금 항주로 사람을 보내 풍월의 가족들을 해치자는 말인가?"

북리강이 굳은 표정으로 물었다.

좌중의 분위기가 그다지 좋지 않다는 것을 느끼면서도 모용운은 물러서지 않았다.

"놈이 우리에게 입힌 피해를 생각해 보십시오. 놈에게 얼마나 많은 가족들이, 제자들이 죽었습니까? 또한 앞으로 얼마나 많은 이들이 놈들에게 희생될 것 같습니까? 함부로 칼을 놀렸을 때 어찌 되는지 본때를 보여줘야 합니다."

북리강은 목소리를 높이는 모용운을 한심한 눈길로 바라보았다.

'호랑이 밑에서 개새끼가 태어났구나. 제 부친은 요동검선이라 불릴 정도로 명성이 높았거늘 자식이란 놈이 어째서…….'

내심 혀를 차던 북리강의 시선이 모용운과 마주 앉아 있는 동방결과 야율표에게 향했다. 두 사람 모두 한참 전에 부친의 실력을 넘었다고 알려질 정도로 뛰어난 인물들. 그들과 비교를 하자니 모용운의 꼴이 더욱 한심해 보였다.

"제 의견이 탐탁지 않다는 것은 알지만……."

모용운이 뭐라 입을 열려는 찰나, 북리건이 그의 말을 잘랐다.

"불가합니다."

북리건의 말투는 전에 없이 단호했다.

"어째서 그런가?"

모용운이 눈썹을 치켜 올리며 반문했다.

북리건이 비록 북해빙궁의 군사라는 직책을 갖고 있지만 모용운은 나이도 어린 그가 자신의 의견을 무 자르듯 쳐내는 것이 영 마음에 들지 않았다.

"명분이 없습니다."

"명… 분?"

뭔가 그럴듯한 대답을 기대했던 모용운이 기가 막히다는 표정으로 되물었다.

"풍월과 그 일행에게 입은 피해가 엄청나다는 것을 모르는 사람은 없습니다. 하지만 중요한 사실 하나를 간과한 것 같습니다."

"뭐를 말인가?"

"봉황문을 시작으로 장백파까지 많은 문파와 세력을 초토화시켰으나 그들은 힘이 없는 노약자나 아녀자들은 건드리지 않았습니다. 항복을 하고 굴복한 자들의 목숨 또한 살려주었습니다."

"대신 목숨과도 같은 단전이 모조리 파괴되었지. 살아도 산 것이 아니야."

모용운이 반발했지만 북리건은 그의 의견을 일축했다.

"언제든지 무기를 들고 다시 덤빌 수 있는 상대니까요. 그 정도 조치는 결코 과한 것이 아니라고 봅니다. 우리가 중원 무림을 공략하기 시작했을 때 우리에게 적대했던 자들을 어찌 대했는지를 생각해 보십시오."

"그, 그건……."

"본보기를 보인다고 개미 새끼 한 마리 남기지 않았던 우리와는 달리 그들은 식솔들만큼은 건드리지 않았습니다. 비록 적이지만 그 점만큼은 칭송을 해야 한다는 말이 나올 정도입니다. 다른 곳도 아닌 우리 쪽 진영에서."

"어, 어떤 미친놈들이!"

자리에서 벌떡 일어난 모용운이 자신의 의견에 힘을 실어달라는 듯 주변을 살폈지만 누구 하나 입을 여는 사람이 없었다. 모용운만큼이나 아픈 피해를 본 동방결과 야율표 역시 침묵했다.

"이런 상황에서 되레 그의 가족을 노린다고 하면 천하의 모든 이들이 우리의 잔인함과 비겁함을 손가락질하며 비웃을 것입니다. 해서 방금 말씀하신 의견은 절대로 받아들일 수 없는 것입니다."

"꼭 그렇게 생각할 것은 아닌 것 같다."

북리건의 의견에 정면으로 반박하는 말에 모두의 시선이 목소리의 주인을 찾아 움직였다.

십좌 북리근이다.

사부가 자신의 의견에 반론을 제기하자 북리건의 표정이 살짝 굳었다. 그에 반해 구석으로 몰렸던 모용운의 어깨에 힘이 들어갔다.

"하면 사부님께선 모용… 문주의 의견에 동의를 하시는 겁니까?"

순간적으로 머뭇거리기는 했으나 북리건이 자신을 봉황문의 문주로서 인정을 하자 모용운의 입꼬리가 하늘 높이 치솟았다.

"동의를 하는 건 아니다. 다만 충분히 활용할 여지가 있다고 본다."

"활용이라면 어떤 점을 말씀하시는 건지요?"

북리건이 공손히 물었다.

"현 상황에서 가장 신경을 써야 하는 것은 풍월과 그 일행의 행보다. 맞느냐?"

"그렇습니다."

"그가 항주의 식솔들이 위험에 빠졌다는 소식을 들으면 어찌할 것이라 생각하느냐? 아니, 굳이 소문을 낼 것도 없이 모든 행동을 멈추고 당장 중원으로 되돌아오지 않는다면 항주 식솔들이 위험해질 것이라 직접적으로 언질을 주면?"

"우리가 원하는 대로 움직이지는 않을 겁니다. 그에겐 우리보다 앞서 항주의 식솔들에게 도움을 줄 친구들이 많습니다. 개방이나 정무련, 제갈세가도 있습니다."

"알고 있다. 하지만 최소한 식솔들의 안전이 보장이 될 때까지는 함부로 설치고 다니지는 못하겠지. 아예 중원으로 되돌아오면 좋겠으나 설사 그렇지 않다고 해도 추격대가 조금이라도 더 거리를 좁힐 시간은 벌 수 있다고 본다. 그것만으로도 충분하다고 보는데 어찌 생각하느냐?"

북리근이 물었다. 북리건뿐만 아니라 좌중의 모두에게 묻고 있었다.

풍월의 식솔들에게 직접적으로 위해를 가하자는 모용운의 의견과는 달리 북리근은 식솔들의 존재 자체를 가지고 풍월과 보이지 않는 협상을 하자는 뜻이었다. 물론 식솔을 놓고 위협을 가한다는 것 자체가 체면이 상하는 일이긴 했으나 현 시점에서 가장 효과적인 방법이라는 것을 누구도 부인하지 못했다.

그때였다. 화연당의 문이 벌컥 열리며 북리천이 모습을 보였다.

갑작스러운 궁주의 출현에 다들 깜짝 놀라 예를 차렸다.

북리강이 양보한 상석에 주저앉듯 앉은 북리천이 북리건에게 말했다.

"어떤 논의가 있었느냐?"

중후했던 목소리는 온데간데없이 듣기 괴로울 정도로 쩍쩍 갈라졌다.

풀어헤쳐진 머리카락, 핏줄이 터져 시뻘겋게 충혈된 눈에선 광기가 느껴졌고 반나절 만에 반쪽이 되어버린 얼굴은 그가 북리연의 죽음으로 인해 얼마나 큰 고통을 겪고 있는지 알 수 있었다.

침을 꿀꺽 삼킨 북리건은 동방결과 모용운, 마지막으로 북리근의 의견까지 빠르게 설명했다.

묵묵히 설명을 듣고 있던 북리천이 말했다.

"놈들이 식솔들을 건드리지 않았는데 우리가 그럴 수는 없지. 식솔들을 끌어들이는 것은 불가."

단호히 선을 그은 북리천이 북리강에게 물었다.

"추격, 아니, 척살대를 꾸려야겠습니다. 누구를 보내야 합니까?"

"제가 갈 생각입니다."

"당숙께서 직접 가신단 말씀입니까?"

북리천이 눈을 동그랗게 뜨며 물었다.

"빙후와 십천 두 명이 상대했음에도 패하고 말았습니다. 최소한 궁주님이나 제가 움직여야 그나마 가능성이 있지 않겠습니까? 더불어 연아와 아우들의 복수를 직접 하고 싶기도 합니다."

잠시 생각에 잠겼던 북리천이 고개를 끄덕였다.

"일단 당숙께서 원하시는 대로 척살대를 꾸려보세요. 출발은 사흘 후입니다."

"예? 어째서… 놈들이 중원으로 돌아오면 상관이 없지만 그렇지 않을 경우 척살대의 출발이 늦어지면 늦어질수록 북해무림의 피해는 걷잡을 수 없이 커질 수 있습니다."

북리강의 우려 섞인 말에 북리천이 고개를 저었다.

"척살대를 보내기 전에 이곳의 일을 확실하게 마무리를 지어야 할 필요가 있으니까요. 그리고 며칠 차이는 별 의미가 없습니다. 피해는 막으면 됩니다. 군사."

"예, 궁주님."

"지금 즉시 전서구를 띄워라. 풍월의 행보를 주시하되 그의 행보와 겹치는 세력들은 저항을 하지 말고 모조리 물러나라 전하라. 반발은 그 어떤 이유에서라도 용납하지 않는다."

북리천의 파격적인 조치에 다들 놀라움을 감추지 못했다. 아무리 궁주의 명이라도 자존심 강한 문파와 세력들이 과연 명을 쉽게 따를지도 걱정이 됐다.

뭐라 반대를 하고 싶어도 북리천의 눈치를 보느라 다들 전

전긍긍하고 있을 때 화연당의 문이 다시 열리며 한 사내가 들어섰다. 그렇잖아도 불편했던 심기가 곳곳에서 폭발했다.

"누가 이곳에 들어오라고 했지?"

"여기가 어디라고 함부로 들어오는 것이냐?"

"당장 꺼져라!"

사내, 개천회와 북해빙궁 사이에서 전령의 역할을 하고 있는 여명대 부대주 연횡이 쏟아지는 살기에 옴짝달싹하지 못하고 있을 때 북리천이 조용히 그들을 제지했다.

"내가 불렀습니다. 이리 오라."

북리천의 부름에 연횡이 식은땀을 흘리며 걸음을 놀렸다.

"개, 개천회 여명대 부대주 연횡이……."

"인사는 됐고."

손을 들어 연횡의 말을 틀어막은 북리천이 무시무시한 기세를 뿜어내며 입을 열었다.

"이미 알고 있겠지만 개천회에서 놓친 미꾸라지들 때문에 몹시 곤란한 처지에 놓였다. 해서 지금의 상황을 극복하기 위해 개천회주에게 요구한다. 사흘 후, 본궁은 다시금 소림사를 공격한다. 그때 개천회에서도 공격의 한 축을 맡아줘야겠다. 어중이떠중이는 필요 없다. 최정예로 추려서 최소한 이백은 되어야 할 것이다."

"예? 가, 갑자기 그러시면……."

"요구를 거절해도 상관은 없다. 하지만 본궁은 그 즉시 이곳에서 철수한다."

연횡은 물론이고 모든 이들이 두 눈을 휘둥그레 뜰 때 북리천의 선언하듯 말했다.

"개천회주에게 확실하게 전해라. 본궁은 하북만으로도 충분하다고."

*　　　　*　　　　*

"그러니까 사흘 후에 소림사를 공격할 테니 병력을 지원해 달라. 지금 북해빙궁이 이런 요구를 한다는 말이더냐?"

개천회주 사마용의 물음에 사마조가 고개를 끄덕였다.

"예, 만약 요구를 수용하지 않으면 곧바로 물러난다고 합니다. 자기들은 하북만 얻어도 충분하다고 하면서."

"허! 서둘러야겠구나."

대장로 위지허가 탄식하며 말했다.

"서두르다니요?"

사마조가 시큰둥하게 되물었다.

"당연하지 않느냐. 저들이 요구하는 인원을 맞추려면 서둘러야 한다. 사흘이란 시간이면 여유가 없어."

소림사와 강북무림을 견제하고 있는 북해빙궁은 개천회가

그리고 있는 무림대계에서 꽤나 중요한 위치에 있었다. 위지허는 북해빙궁의 중요성을 감안했을 때 그들을 이대로 퇴각하게 둬서는 안 된다고 여겼다.

하지만 사마조는 생각이 다른 것 같았다.

"그럴 필요는 없을 것 같습니다."

"뭐라?"

전혀 예상치 못한 대답에 위지허가 두 눈을 동그랗게 떴다. 사마용마저 놀란 표정을 감추지 못했다.

"요구를 들어주지 말라는 말이더냐?"

사마용이 물었다.

"예."

"북해빙궁이 전장에서 이탈하면 심각한 문제가 발생할 수 있다."

위지허가 추궁하듯 말했다.

"그럴 일은 절대로 없을 테니 걱정하지 마십시오."

"노부가 늙은 것이냐? 네가 무슨 말을 하는 것인지 잘 이해하지 못하겠구나."

위지허가 답답하다는 표정을 짓자 사마조가 엷은 미소를 지으며 말했다.

"북해빙궁은 자신들의 요구를 들어주지 않는다면 싸움을 멈추고 물러난다고 했습니다. 하북만으로 충분하다며."

"그랬지."

"그 말은 지금의 전선에서 물러난다고 해도 하북을 포기하진 않겠다는 것입니다."

"그만한 피해를 당했는데 그냥 돌아갈 수는 없겠지."

사마용이 당연하다는 듯 말했다.

"하지만 그들은 중요한 것을 간과했습니다."

"그게 무엇이냐?"

위지허가 답답함을 감추지 못하고 물었다.

"첫째, 하북팽가. 북해빙궁의 공세에 밀려나 있지만 하북의 맹주는 누가 뭐라 해도 하북팽가입니다. 그들이 자신들의 본거지를 포기할 리가 없지요. 둘째, 소림사. 방장의 자리에 오른 지 이 년도 채 되지 않는 신임 방장이 목숨을 잃었습니다. 솔직히 무림에서 그만한 위상을 가진 자를 찾는다면 패퇴한 패천마궁의 궁주 정도뿐입니다. 게다가 부처님을 모신다는 이유로 여러 면에서 포장되고 있지만 소림사만큼이나 체면을 중시하고 뒤끝이 강한 곳도 없습니다. 그들은 결코 복수를 포기하지 않을 겁니다."

"그, 그럴 듯하구나."

위지허가 자신도 모르게 고개를 끄덕였다.

"소림사가 움직이면 반드시 정무련도 움직입니다. 셋째, 개방. 소림사와 같은 이유입니다. 그런 이유로 싸움은 결코 끝나지 않습니다. 북해빙궁 놈들이 아예 장성을 넘어 자신들의 고향으로 돌아가지 않는 한 말이지요. 고로 병력을 지원할 하등의 이유가 없습니다."

사마조의 설명이 끝나자 사마용과 위지허는 딱히 반박할 말을 찾지 못했다.

"우리들이 늙긴 늙은 모양이다. 조금만 깊게 생각해 보면 당연한 일이거늘. 그저 물러난다는 말에 지레 겁을 먹었구나."

위지허가 허탈하게 웃으며 고개를 흔들자 사마용이 껄껄 웃으며 말했다.

"우리도 우리지만 북해빙궁도 급한 모양이구나. 이런 협박 같지도 않은 협박을 하다니 말이다."

"연횡의 보고에 따르면 풍월과 그 일행을 따라갔던 추격대가 몰살을 했는데 그 안에 궁주의 여동생이 포함되어 있다고 합니다. 또한 북해십천이라고 북해빙궁의 원로들 두 명까지 목숨을 잃었습니다. 아마도 소림사를 무너뜨려 그에 대한 일차적인 복수를 하려는 것 같습니다. 참고로 북해빙궁은 풍월과 그 일행을 치기 위한 척살대도 꾸리고 있다고 합니다."

사마조의 말에 사마용은 기가 막힌 듯 탄식했다.

"허! 참으로 대단한 놈 아니더냐. 천하의 북해빙궁이 미꾸라지 몇 마리 때문에 저 난리를 겪는 것을 보면."

"미꾸라지라고 하기엔 너무 컸지. 솔직히 놈이 북쪽으로 올라가기 전까지만 해도 우리가 그런 꼴을 당하지 않았나."

"흐흐흐! 그렇긴 하군. 피해가 이만저만이 아니었어."

"웃기만 할 것이 아니라 이제부터라도 심각하게 생각해야 하네. 놈과는 조만간 다시 부딪치게 될 텐데 제대로 된 대책이 없다면 우리가 북해빙궁의 꼴이 날 수도 있어."

위지허가 정색을 하며 말하자 사마용도 웃음을 지웠다.

"골치 아프긴 해. 어떻게 된 것이 하루가 다르게 실력이 늘어. 솔직히 감당이 되지 않을 정도로 컸단 말이지. 그렇다고 사사건건 부딪치는 걸 딱히 피할 수도 없는 상황이고. 참, 이번에 중양절 계획에 차질을 준 것도 따지고 보면 놈이었다지?"

사마용이 뭔가 생각에 잠겨 있는 사마조에게 물었다.

"예? 예. 맞습니다. 놈이 탈출한 포로들에 대해 의구심을 표했다고 하더군요. 제갈세가가 놈의 말을 흘려듣지 않고 대처를 잘한 것도 사실이지만, 어쨌든 놈과 관계가 있는 것은 틀림없습니다."

"다른 곳은 몰라도 제갈세가를 무너뜨리지 못한 것은 너무 아쉽다. 남궁세가도 그렇고. 아, 사천당가도 실패를 했다고 했더냐?"

"예, 실패했습니다. 하지만 딱히 실패했다고 하기도 애매합니다."

"어째서?"

"당가에 투입된 대다수의 병력이 목숨을 잃기는 했지만 피해를 당한 것 이상으로 큰 타격을 입혔기 때문입니다. 사천당가 본 가는 물론이고 당가의 또 다른 힘이라고 알려진 당가타에 막대한 피해를 입혔습니다. 수십 년 이내론 결코 회복하기 힘들 정도로요."

"그 정도면 확실히 실패라 하기엔 그렇군."

위지허가 이해했다는 듯 고개를 끄덕였다.

"다만 당가를 구해낸 당령만큼은 앞으로도 면밀히 주시할 필요가 있습니다."

"당령? 그래, 기억난다. 천마동부에서 만독마존의 무공을 얻은 것이 아니냐는 소문이 무성했지. 아무튼 풍월이란 놈에게 악행이 드러나 추락한 계집, 맞느냐?"

"예, 당시 아무도 그녀의 주검을 확인하지 못했기에 생사가 불명했습니다만, 이번에 가공할 무공을 앞세워 당가를 구했습니다. 독중지성의 경지에 올랐다는 소문이 돌고 있습니다. 아마도 그간 만독마존의 무공을 익히며 숨어 있었던 것 같습니다. 참고로 조금 전 올라온 보고에 의하면, 그녀가 가주 당추로부터 녹룡옥배를 받아 당가의 가주로 추대가 되었다고 합니다."

"뭣이라!"

"그런 말도 안 되는!"

사마용과 위지허가 동시에 경악성을 내뱉었다.

당령이 독중지성의 경지에 올랐다는 것도 놀라운 일이나 그보다 더 놀라운 것은 그녀가 사천당가의 가주가 되었다는 사실이다. 사천당가처럼 역사가 오래된 전통의 명문가에서 당령처럼 어린 여인이 가주의 자리에 오른 것은 유래가 없는 일이기 때문이었다.

"정말 그 어린 계집이 당가의 가주가 되었단 말이냐?"

위지허가 도저히 믿어지지 않는다는 얼굴로 물었다.

"천마동부에서 그녀가 저지른 일 때문에 쉽지 않을 것 같기는 한데 일단 그렇게 보고가 올라왔습니다. 아, 그리고 그녀가 가주로 추대되는 과정에서 흘러나온 말인데 실종된 십장로가 그녀의 손에 죽은 것으로 밝혀졌습니다."

"십장로? 독괴 말이냐?"

사마용이 놀라 물었다.

"예, 그렇습니다. 그녀가 가주로 추대되었을 때 반발이 크지 않았던 이유 중엔 십장로를 죽였기 때문이란 말도 있다고 합니다."

"그럴 수도 있겠구나. 독괴와 사천당가가 어떤 악연으로 엮였는지는 천하가 다 알고 있으니까. 후! 어쨌거나 풍월이란 놈 이후에 무림에 또 한 명의 괴물이 탄생했군. 골칫거리가 늘었어."

관자놀이를 지그시 비비는 사마용. 골칫거리라는 말과는 다르게 눈빛은 새로운 강자의 출현을 반기고 있었다.

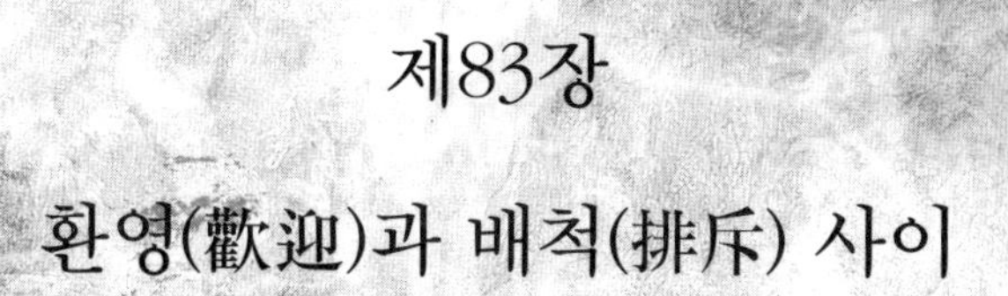

제83장

환영(歡迎)과 배척(排斥) 사이

병력을 지원하지 않으면 철수를 하겠다고 했음에도 개천회는 북해빙궁의 요구를 들어주지 않았다.

표면적 이유로는 중양절 계획으로 인해 많은 병력이 사방으로 흩어져 있는 관계로 북해빙궁에서 요구한 병력과 시간을 맞출 수 없다는 것이었다.

사기가 떨어질 대로 떨어진 상황에서 소림사를 도모하기가 부담스러웠던 데다가 한번 내뱉은 말을 다시 주워 담을 수 없었던 북해빙궁은 소림 공략의 전초기지로 삼았던 신도유가를 떠나 본격적으로 남하하기 전에 머물렀던 하북의 팽가로 물러났다.

북해빙궁이 소림 공략을 포기하고 물러났으나 그것으로 싸움이 끝난 것은 아니었다.

개천회의 예측대로 하북의 패자였던 하북팽가는 북해빙궁의 전초기지로 변해 버린 본 가를 찾기를 원했고, 소림사와 개방 역시 수장을 잃은 복수를 원했다.

하지만 직전에 벌어졌던 싸움에서 워낙 많은 피해를 당한 터라 물러나는 북해빙궁을 보면서도 곧바로 추격할 엄두를 내지 못했다.

강북무림 연합이 북상을 결정한 것은 북해빙궁이 물러난 지 정확히 삼십 일이 지난 후였다.

"이제 얼마 남지 않았다. 다 왔어."

탁한 황하의 물줄기를 바라보며 술을 마시고 있던 구양봉이 조그맣게 보이는 항구를 가리키며 말했다. 개봉의 관문치고는 규모가 작았지만 그래도 적지 않은 배가 정박해 있었고 많은 사람들이 분주히 오가는 것이 활력이 넘쳤다.

"아우! 드디어 끝났네요."

풍월이 기지개를 켜며 말했다.

배에서만 무려 십여 일, 잠깐씩 물에 내리기는 했지만 그래도 꽤나 지겨운 여정이었다.

은혼을 통해 독고유가 자신을 만나길 원한다는 말을 전해 들은 풍월은 장백산에서 곧바로 서남진을 시작했다.

북해빙궁을 비롯한 북해무림의 동태를 살펴야 했던 모순이 장백산에 남았고, 무너진 정보망을 수습하기 위해 호선과 호광 형제 역시 뒤에 남았다.

그들이 지나왔던 여정대로라면 서진을 하여 산해관을 넘어야 했지만 최대한 빨리 풍월을 데리고 가야 했던 은혼은 이미 최적의 길을 파악하고 있었다.

엄청난 강행군 끝에 장백산을 떠난 지 보름 만에 요동반도 끝에 위치한 금주에 도착했다.

금주에서 배를 타고 만 하루를 이동해 산동반도의 등주에 도착한 풍월 일행은 곧바로 황하가 바다와 만나는 황하구로 이동했다. 그곳에서 황하를 오르내리는 상선에 승선하여 보름을 이동했고 마침내 개봉을 코앞에 두게 되었다.

"개방과 소림사라. 흐흐흐! 어째 범의 아가리에 머리를 들이미는 것 같기는 한데, 그래도 중원으로 돌아오니 좋네. 공기부터가 다른 것 같다."

살짝 취기가 오른 황천룡이 코를 벌름거리며 말했다.

"유 소저와 황 아저씨는 개봉에 잠시 머무는 것이 좋겠습니다."

"개봉에? 개방에서 지내라는 거냐?"

황천룡이 생각만으로도 냄새가 나고 몸이 가려운지 오만상을 찌푸렸다.

"개방을 너무 무시하네요. 우리가 꼴은 이래도 총타만큼은 어디에 내놓아도 뒤지지 않을 정도로 멋지게 꾸몄습니다. 지금이야 잿더미가 되어버렸지만. 젠장! 아무튼 인근에 머물 만한 숙소가 많으니까 적당한 곳에 여장을 풀면 될 겁니다."

"뭘 따로 움직여. 그냥 가면 되는 거지."

풍월이 살짝 인상을 찌푸리자 구양봉이 달래듯 말했다.

"지금 소림사에 출신 성분이 다른 수많은 이들이 모여 있다. 그들 중에 녹림에 원한을 품고 있는 자들이 얼마나 될 것 같냐? 원한까지는 아니더라도 최소한 좋지 못한 관계인 사람만 꼽아 봐도 절반 이상은 될걸. 물론 우리와 함께하는 데다가 지금껏 세운 공이 있으니 대놓고 뭐라 하지는 않겠지만 그래도 온갖 듣기 싫은 말들이 나올 거다. 유 소저가 굳이 그런 뒷말을 들을 필요는 없잖아."

공각이 구양봉의 곁으로 다가오며 말했다.

"보다 중요한 것은 아우가 그런 말을 듣고 참을 사람이 아니라는 것이지. 닥치는 대로 박살을 내버릴걸. 곧 북해빙궁을 공격하기 위해 떠난다는데 느닷없이 날벼락을 맞는 것이지."

"설마요. 제가 그 정도로 막나가지는 않습니다."

"아니, 그래. 지금껏 봐온 네 성격을 감안하면 백 번이고 천 번이고 일을 저지르고도 남아."

풍월의 말을 일축한 공각은 구양봉의 손에 들린 술병을 잠시 바라보다 눈을 질끈 감았다.

소림사의 방장이 목숨을 잃었다는 것을 전해 들은 이후, 공각은 그 좋아하던 술은 물론이고 곡기까지 끊다시피 하며 시간이 날 때마다 방장을 위해 불공을 드렸다. 그 바람에 장백산을 떠날 때와는 비교도 할 수 없을 정도로 피골이 상접한 상태였다.

"아무튼 결정은 나중에 하는 것으로 하고 우선은 내릴 준비나 하자."

오랜만에 고향으로 돌아와서 그런지 구양봉의 말투나 표정은 어딘지 모르게 들떠 있었다.

별다른 짐이 없었던 일행은 배가 항구에 멈추자마자 배에서 내려 개방의 총타가 있는 곳으로 이동했다.

구양봉이 자랑을 할 정도로 나름 규모도 크고 멋스러웠던 개방의 총타는 불에 탄 상태 그대로 방치되어 있었다. 몇몇 제자들이 남아 쓰레기를 치우고 있었지만 큰 의미는 없었다.

개봉에서 하루를 머문 일행은 곧바로 소림사로 떠났다. 한데 향하는 인원은 구양봉과 풍월, 그리고 공각 단 세 명뿐이었다.

구양봉의 충고를 받아들여 황천룡과 유연청이 남았고 형웅과 은혼 역시 같은 이유로 개봉에 남은 것이다.

개봉을 떠난 지 만 하루, 세 사람이 소림사에 도착했다.

* * *

숭산 중턱에 위치한 천불당.

소림사에서 당가의 식솔들을 위해 내준 조그만 암자에 풍월의 도착 소식이 전해졌다.

"그들이 왔다고?"

장로 당인이 물었다.

"예, 아버님."

부친을 대신해 사실상 당가의 식솔들을 이끌고 있는 당온이 걱정스러운 얼굴로 고개를 끄덕였다.

"흠, 어찌 대해야 할지 애매하구나."

"그 친구가 거론하지 않는다면 굳이 부딪칠 필요는 없다고 봅니다."

"그게 최선이긴 하겠지만 과연 그냥 넘어갈지 모르겠다. 성격도 만만치 않다고 하는 것 같던데."

"본 가의 식솔들만 있는 것도 아닙니다. 설마 무슨 일이야 있겠습니까? 게다가 그 친구 또한 약점이 있는 상황인지라 함부로 나서지는 못할 것입니다."

"약점? 아, 소문으로 돌고 있는 말 말이냐?"

"예, 하지만 단순히 소문 같지는 않습니다. 구체적인 정황이 나오고 있습니다."

"구체적인 정황이라니?"

자신도 모르게 주변을 살핀 당온이 목소리를 살짝 낮췄다.

"후개의 몸 안에 침투했던 음한지기를 흡성대법을 이용해 치료했다고 합니다."

"누구에게서 들은 말이냐? 행여나 거짓된 소문을 키우다간 큰일 나는 수가 있다."

당인이 정색을 하며 말했다.

"후개를 직접 치료했던 자들에게서 흘러나온 말입니다. 생사의괴의 제자들이 술김에 실수를 했던 것 같습니다. 이후엔 모르는 사실이라고 딱 잡아뗐지만 당시 그들이 말한 내용을 들은 사람이 다섯 명도 넘습니다."

"그래도 당사자들이 부인을 하면……."

"재미있는 것은 개천회 놈들이 정식으로 항의를 해왔다는 겁니다. 개천회의 고수들 몇 명이 풍월이 사용하는 흡성대법에 당했다고요. 당황한 소림사와 정무련의 수뇌들이 쉬쉬하고 있어서 아는 사람은 거의 없습니다만."

개천회에서 항의를 했다는 말에 당인은 어처구니없다는 반응을 보였다.

"미친! 아무리 그렇다고 해도 제 놈들이 감히 누구에게 항의를 해! 찢어 죽여도 시원찮은 놈들이!"

개천회의 공격에 의해 본 가와 당가타가 초토화된 상황이다. 화를 참지 못하고 방방 뛰는 당인과는 달리 당온은 냉정하게 상황을 바라보고 있었다.

"사실이든 아니든 개천회에선 손해 보는 일은 아니니까요. 풍월이란 자가 흡성대법을 익혔다면 지금까지의 관례를 보았을 때 무림공적이나 다름없습니다. 그냥 덮고 가기엔 부담이 너무 크고, 그렇다고 무림공적으로 대하기도 힘듭니다. 지금껏 그가 어떤 활약을 펼쳤는지 모르는 사람은 아무도 없으니까요. 막말로 그가 북해무림을 휘젓고 다니지 않았다면 지난 중양절의 싸움에서 소림은 무너졌을 겁니다. 아니, 애당초 무림에 개천회의 존재를 알린 사람이 바로 풍월입니다."

"이간책이라. 참으로 어렵구나. 해서, 흡성대법으로 풍월을 견제하겠다는 말이냐?"

"먼저 언급할 생각은 없지만 만약 풍월이 가주의 문제를 거론하며 본 가를 무시하거나 겁박하려 한다면 정식으로 문제

제기를 해야 한다고 봅니다."

"하지만……."

그 파급 효과를 두려워한 당인이 머뭇거리는 모습을 보이자 당온이 강하게 말했다.

"개천회의 공격으로 유례없이 큰 피해를 당했습니다. 이럴 때일수록 얕잡아 보여서는 안 된다고 봅니다."

"음."

당인의 입에서 무거운 신음이 흘러나왔다.

북해빙궁에 대한 공격을 코앞에 둔 지금 단순히 당가의 자존심을 지키고자 풍월과 대립하는 상황이 영 마뜩지 않은 것이다.

"아무튼 연락이 왔으니 가보자꾸나. 우리가 괜한 걱정을 하는 것일 수도 있으니 말이다."

당인이 무거운 걸음으로 천불당을 나섰다. 그를 조용히 따르는 당온의 표정 역시 어둡기는 마찬가지였다.

소림사 대웅전.

풍월과 구양봉, 공각을 환영하기 위해 강북무림을 대표하는 이들이 모두 모였다.

다소 과한 것은 아니냐고 수근거리는 사람도 있었지만, 대다수의 사람들은 북해빙궁의 본거지라고 할 수 있는 북해무림을 휘젓고 다니면서 혁혁한 공을 세운 영웅들의 귀환을 대대적으로 환영하는 것은 당연한 것이라 여겼다.

북해빙궁이 소림을 포기하고 하북으로 물러난 것도 사실상 그들의 활약 덕분이라 할 수 있었으니 그 이상을 해주지 못하는 것을 아쉬워하기까지 했다.

"아미타불! 어서 오십시오, 풍 시주. 소림의 혜인이라고 합니다."

장경각주로서 소임을 다하다가 혜각의 얘기치 못한 죽음으로 인해 새롭게 방장의 자리에 오른 혜인이 부드러운 미소를 지으며 인사를 했다.

무공이라 봐야 가벼운 호흡법만을 익힌 학승으로서 소림사의 방장에 오른 최초의 인물이 바로 그였다.

"풍월입니다."

공각으로부터 혜인에 대한 칭찬을 귀에 못이 박히도록 들었고, 나름의 협박(?)을 받았던 풍월이 짧지만 더없이 정중한 자세로 예를 차렸다.

"제자 공각이 방장님을 뵙습니다."

공각이 풍월의 곁에서 진중한 자세로 예를 차렸다.

"그래, 무사히 돌아왔구나. 참으로 애썼다."

혜인은 피골이 상접한 모습으로 돌아온 공각의 모습을 보며 짠한 표정을 지었다.

엄청난 성과와는 별개로 소수의 인원으로 북해무림을 친다는 것이 얼마나 힘든 일인지 상상할 수 없었다. 하지만 그의 초췌한 모습이 단지 그것 때문만은 아닐 터였다.

누구보다 공각을 아끼고 사랑한 사람이 바로 전대 방장 혜각이다. 공각의 사부가 세상을 떠난 이후, 잠시 방황하던 공각이 마음을 추스르고 무공 수련에 매진할 수 있었던 것 역시 혜각의 사랑과 엄한 가르침 덕분이었다.

혜각의 죽음이 공각에게 얼마나 큰 충격을 주었을지 혜인은 능히 짐작할 수 있었다.

"그렇게 힘들었더냐?"

혜인이 인자한 미소를 지으며 물었다.

"예, 하지만 이제는 괜찮습니다."

공각이 희미하게 웃으며 대답했다.

"아미타불!"

혜인은 공각이 한층 성장했음을 느끼며 자신도 모르게 불호를 되뇌었다.

어딘지 모르게 숙연해 보이는 두 사람의 모습에 잠시 동안 침묵이 찾아왔다.

"네 녀석이 풍월이냐?"

대웅전의 침묵을 단숨에 깨버리며 걸걸한 음성의 노인이 풍월을 향해 걸어왔다.

노인은 주변 수뇌들과 비교해 다소 남루한 의복을 걸쳤는데 한쪽 팔이 없었다.

어디 가서 덩치가 작다는 소리를 들어본 적이 없는 풍월을 왜소하게 만들 정도로 노인은 커다란 덩치를 자랑했다.

배분도 그렇고 일신에 지닌 무위도 그렇고 풍월을 함부로 대할 수 있는 사람은 거의 없다고 해도 과언은 아닌 상황에서 다소 무례하다 싶을 정도의 어투였다.

주변 사람들이 움찔할 정도로 거침이 없는 노인의 행동과 말투에도 풍월은 조금도 개의치 않았다.

남루한 의복, 커다란 덩치에 팔이 없는 모습을 본 풍월은 그 노인이 현재 개방의 가장 큰 어른이라 할 수 있는 독수신개임을 바로 알아보았다.

"예, 제가 풍월입니다, 어르신."

풍월이 정중하게 인사를 했다.

"검선과 마도 선배가 손자 하나는 아주 제대로 두셨군."

풍월의 요모조모를 뜯어보던 독수신개가 흡족한 얼굴로 고개를 끄덕였다.

"두 분 할아버님을 아십니까?"

풍월이 반가이 물었다.

"알다마다. 소싯적부터 제법 인연을 쌓았다. 아, 그러고 보니 북해빙궁 놈들과도 함께 싸웠구나. 검선 선배 덕에 몇 번이나 목숨을 구하기도 했지."

"그러셨군요."

"고맙다. 네 도움 덕에 후개가 목숨을 구했구나. 개방이 네게 큰 은혜를 입었다. 허허! 대를 이어 목숨을 구함받다니 이것도 인연인 모양이다."

껄껄 웃은 독수신개가 머리를 숙이자 풍월이 기겁하며 그를 말렸다.

"무슨 말씀을요. 의형의 목숨이 걸린 일이었습니다. 당연한 일이지요."

"그러게요. 아우 녀석이 형님을 위해서 하는 일인데 은혜는 무슨 은혜랍니까."

구양봉이 풍월의 어깨에 한쪽 손을 턱 얹으며 웃었다.

슬쩍 고개를 들어 구양봉을 살피는 독수신개.

가슴을 활짝 펴고 당당하게 서 있는 구양봉을 보며 가슴 한편이 뜨거워졌다.

방주를 비롯하여 개방의 뭇 고수들이 목숨을 잃은 지금, 구양봉과 같은 후계자를 얻었다는 것은 그나마 개방의 복이란 생각이 들었다.

'게다가 동생도 잘 두었고.'

독수신개는 은연중 천하제일인으로 인정받고 있는 풍월과 형제의 의를 맺은 일은 구양봉은 물론이고, 장차 개방에 큰 힘이 될 것이라 여겼다.

이후에도 풍월과 강북무림을 대표하는 수뇌들과의 인사는 훈훈함을 유지하며 이어졌다.

분위기가 묘하게 변하기 시작한 것은 풍월과 하북팽가의 가주가 인사를 나누면서부터였다.

풍월이 당령의 악행을 밝히는 과정에서 팽후의 최후를 알린 것은 이미 유명한 사실이다. 하지만 풍월은 물론이고 팽만후 역시 그 일을 거론하지 않았다. 그저 가벼운 인사만 주고받았을 뿐이다.

풍월은 팽만후가 의식적으로 자신을 피하려 한다는 느낌을 받으며 쓰게 웃었다.

'당가에서 팽후의 죽음을 놓고 막대한 보상을 했다더니만 소문이 사실이었던 모양이네.'

장백산에서 금주까지 정신없이 이동하여 산동반도에 도착한 풍월은 개방 분타에 잠시 다녀온 구양봉을 통해 꽤나 놀랍고 어이없는 소식을 접했다.

자신이 화산에서 악행을 밝혀내고 박살을 내버린 당령이 뜬금없이 나타나 당가의 가주가 되었다는 말도 안 되는 이야기였다.

스스로 뛰어내린 절벽 아래에서 그녀의 시신을 발견하지 못했기에 목숨을 잃지는 않았을 것이라 짐작은 했다. 다만 이후에도 별다른 소식을 듣지 못했기에 아예 기억에서 지워 버렸는데 설마하니 이렇게 극적으로 재기(?)에 성공할 줄은 꿈에도 몰랐다.

당가의 가주가 된 당령은 자신의 가장 치명적인 치부라 할 수 있는, 핏줄을 죽인 일은 당가 역사에서 종종 벌어졌던 후계자 싸움으로 포장했다.

다른 사람도 아닌 당추가 녹룡옥배를 그녀에게 건네며 당시의 상황을 후계자 싸움이라 인정을 했기에 당호를 죽인 일을 가지고 그 누구도 함부로 의문을 표하거나 반론을 제기하지 못했다. 게다가 만독방과 개천회의 공격에서 당가를 구해내고 당가의 숙적이라 할 수 있었던 독괴 추망우까지 제거한 그녀의 업적은 불만이 있던 자들마저 애써 고개를 돌리게 만들었다.

유일하게 반기를 들 가능성이 있었던 당황이 중양절, 무당파를 공격한 환사도문의 장로에게 목숨을 잃은 것은 그녀에게 천운이라 할 수 있었다.

아니, 어쩌면 당가의 입장에서도 다행이었다. 그가 살아 있었다면 당가가 큰 분란을 겪을 것이 너무도 자명했기 때문이다.

당황의 죽음과 더불어 내부적으로 완벽하게 세가를 장악한 당령은 곧바로 외부로 시선을 돌렸다.

그녀는 당시 천마동부에서 벌어진 승룡검파, 그리고 팽후와의 싸움은 보물을 두고 일어난 알력 싸움이라 밝히고 유감을 표시했다. 특히 소림사에서 팽가와 함께 싸우고 있는 당인을 통해 천마동부에서의 일을 백배 사죄하고 막대한 보상을 약속했다.

북해빙궁에게 본거지를 빼앗기고 힘든 세월을 견디고 있던 팽가의 입장에서 당가의 제안은 거절하기 힘든 유혹이었다.

팽가가 당가의 사과를 받아들이고 팽후의 일을 불문에 붙이기로 했다는 소문은 순식간에 무림으로 퍼져 나갔다. 물론 완벽하게 몰락한 승룡검파엔 팽가와는 비교도 되지 않을 정도로 매몰차게 대했고 억울함을 토로하는 그들의 목소리는 철저하게 힘으로 눌러 버렸지만.

'그 친구만 억울하게 되었군. 죽어가면서까지 자신을 죽인 자를 밝히려 했건만.'

풍월은 슬쩍 시선을 돌리는 팽만후의 얼굴과 아무도 찾지 않는 천마동부에서 백골로 변해 있던 팽후의 모습을 교차시키며 천천히 몸을 돌렸다.

조금은 시끄러웠던 대웅전에 갑자기 적막감이 맴돌았다.

풍월이 자신 앞에 선 노인에게 먼저 인사를 했다.

"풍월입니다."

"당인이라고 하네."

두 사람의 시선이 허공에서 얽혔다.

풍월의 입가에 비릿한 미소가 맺혔다.

"중원으로 오며 들으니 재미있는 소식이 있더군요."

풍월의 말에 당인보다 한 걸음을 뒤에 서 있던 당온의 낯빛이 살짝 변했다. 재미있다라는 말에 담긴 비웃음을 느낀 것이다.

하지만 당인은 태연스레 받아넘겼다.

"자네들이 북해무림을 휘젓고 있을 때 중원에도 꽤나 많은 일들이 있었다네. 개인적으로 재미있다기보다는 안타깝고 슬픈 일들이 많이 있었지. 오히려 뭐가 재미있는 소식이었는지 궁금하군."

풍월은 능수능란하게 받아넘기는 당인을 보며 굳이 에둘러 말을 할 필요가 없다고 여겼다.

"당령, 그 계집이 어째서 당가의 가주가 된 것입니까?"

"함부로 말하지 마라!"

당온이 발끈하며 앞으로 나섰다.

당온뿐만 아니라 주변에서 그들의 대화를 숨죽여 지켜보고 있던 다른 이들 역시 과히 좋은 표정은 아니었다. 당령의 과오는 차치하고, 어쨌든 사천당가를 이끌고 있는 가주에게 계집이란 호칭을 사용한 것은 예의에 크게 벗어난다고 여긴 것이다.

"흠, 그런가요. 하면 다시 묻죠. 당령, 그 여자가 어째서 당가의 가주가 된 것이지요?"

풍월이 비웃음을 흘리며 다시 물었다.

화를 참지 못하고 나서려는 당온의 어깨를 지그시 누른 당인이 담담히 대꾸를 했다.

"풍 공자가 화를 내는 것은 충분히 이해를 하네. 하지만 본가의 가주일세. 조금은 예의를 차려줬으면 좋겠군."

당인이 정중하게 요청하자 풍월도 더 이상 고집을 부리진 않았다.

"잘될는지는 모르겠으나 가급적 조심하지요."

"고맙네."

"아직 제게 답을 하지 않으셨습니다."

"본 가의 일을 솔직히 자네에게 할 필요는 없다고 보는데."

"그… 당령은 천마동부에서 입에 담기도 힘든 짓을 저질렀습니다."

풍월의 표정이 좋지 않을수록 당인은 오히려 여유가 있었다.

"반대로 묻고 싶은 것이 있네. 본 가의 가주가 자네에게 직접적인 해를 끼쳤나?"

"그건 아닙니다만 승룡검파에게 팔아넘기기는 했지요."

"그건 참으로 유감스럽게 생각하네. 또 의당 사죄할 일이기도 하고. 하지만 정확하게는 팔아넘긴 것이 아니라 개입을 하지 않겠다고 말했다고 하던데. 아닌가?"

풍월은 비겁한 변명에 불과한 것이라 말을 하고 싶었지만 어쨌거나 그녀가 자신에게 직접적으로 손을 쓰거나 위해를 가한 사실은 없었기에 입을 다물다 두 사람의 언쟁이 불편해 보이는 팽만후를 힐끗 바라보며 말했다.

"당령은 무고한 사람을 죽였습니다. 승룡검파는 몰살을 당했고 팽가의 무인 또한 죽는 순간까지 자신을 죽인 자가 누구인지 알리려 했지요."

팽만후는 풍월이 팽가의 제자를 들먹이자 눈을 감고 말았다.

아무리 방계의 후손이라고는 해도 팽가의 일족임은 변함이 없다.

억울하게 죽임을 당했고, 그 원수 또한 알고 있는 상황에서 당연히 원한을 갚아줘야 함에도 오히려 외면해야 하는 자신들의 처지가 너무도 부끄럽고 한심했다. 게다가 그의 죽음을 외면하는 대가로 막대한 지원을 보장받았다는 것이 더 슬펐다.

'천하의 팽가가 어쩌다가…….'

팽만후는 자신의 대에서 이런 수치스러운 일을 겪어야 한다는 것에 참기 힘든 모욕감을 느꼈다.

"그 또한 백배 사죄를 했고 용서를 받았네. 당사자도 아닌 자네가 끼어들 필요는 없다고 보네만."

팽만후의 어두운 표정을 확인한 당인은 굳이 보상을 했다는 말은 하지 않았다.

"참고로 화산에서 가주가 절벽에서 뛰어내리기 직전, 해서는 안 되는 일을 저질렀네. 물론 자네의 공격에서 목숨을 구하기 위해 어쩔 수 없이 낸 궁여지책이었으나 이로 인해 많은 이들이 피해를 보았지. 이번에 당시 피해를 본 당사자들은 물론이고 그들이 속한 세가와 문파에도 사죄를 했고 용서를 구했네. 특히 화산파에서 당시 가주께서 처한 상황을 이해하고 흔쾌히 용서를 해줘 얼마나 감사하고 고마웠는지 모른다네."

당인은 화산에서 당령을 용서했음을 강조했다.

조용히 두 사람의 언쟁을 지켜보던 이들은 당인의 말투에서 '네 사문이나 다름없는 곳이 화산인데 어쩔 테냐'라고 묻는 듯한 느낌을 받았다.

"대단하네요. 화산에서 죽은 사람이 한둘이 아닌데 그 또한 무리 없이 마무리했다니. 하면 같은 핏줄을… 아니, 관두죠. 어차피 그 일도 세가 내에서 정리가 끝난 것 같으니까.

굳이 언급해 봤자 남의 집 일에 쓸데없이 끼어드는 이상한 놈이 되겠죠. 이거야 원. 정말 놀랄 일이네요. 화산의 절벽으로 스스로 뛰어내린 것이 엊그제 같은데 어느 순간에 가주라니요. 그것도 자신이 저지른 일에 대해 완벽하게 무마하면서."

"함부로 말하지 말라고 했다."

당인이 미처 말릴 사이도 없이 당온이 분노를 터뜨렸다. 풍월은 당온에겐 아예 시선조차 주지 않고 조용히 참고 있는 당인의 얼굴을 똑바로 응시하며 말했다.

"하지만 나는 아직 잊지 않고 있습니다. 내 목숨을 손에 든 동전처럼 취급하고 장난을 쳤던 것을요. 물론 용서할 생각도 없습니다. 아, 독중지성의 경지에 이르렀다지요? 똑똑히 전해 주시죠. 자신 있으면 덤벼보라고. 독중지성인지 지랄인지 이번엔 절벽으로 도망칠 기회도 주지 않고 아예 모가지를 꺾어버릴 테니까."

풍월은 자신이 할 수 있는 최대한의 모욕적인 언사로 당가를 도발했다.

당장 당가의 식솔을 어찌하려는 생각을 한 것은 아니다. 그저 언젠가는 당령과 만나게 될 터. 그때를 위해 나름의 명분을 쌓아놓으려 한 것이다.

참지 못한 당온이 품속에서 뭔가를 꺼내려는 찰나, 당인이 그의 손을 움켜잡았다.

지그시 당온을 바라보며 고개를 젓는 당인. 당온은 모욕을 참기 위해 피가 나도록 입술을 깨물고 있는 부친을 보며 온몸을 부르르 떨다 고개를 떨구고 말았다.

당온이 품에서 손을 빼고 고개를 떨군 채 물러나는 것을 보며 풍월은 안타까운 탄식을 내뱉었다.

누가 뭐라고 해도 당령은 천하의 잡년이요, 나쁜 년이다.

당령을 용서하고 싶은 마음도 전혀 없었다. 자신이 살기 위해 수많은 이들에게 암기를 뿌려대던 눈빛은 절대 잊을 수가 없었다.

하지만 주변 반응은 풍월의 생각과는 전혀 달랐다.

마뜩지는 않아도 당령은 자신의 잘못을 충분히 사죄를 했고 용서를 받았다.

당가와 접촉했던 그 어떤 곳에서도 별다른 잡음이 흘러나오지 않았다는 것은 그만큼 당가가 파격적인 양보와 보상을 약속했다는 것을 의미했다.

풍월이 다시금 당가의 문제를 거론했을 때 다들 풍월의 입장에선 그럴 수 있다고 여겼다.

그러나 그뿐이다.

따지고 보면 풍월은 당령과 크게 얽히지도 않았다. 풍월과 원한 관계가 있는 승룡검파가 풍월을 공격하려 했을 때 개입하지 않았다는 정도다.

풍월은 그녀가 부상당한 자신을 승룡검파에게 넘겨주었다고 말했지만, 직접적인 위해를 가하지 않았다는 점과 큰 부상 없이 탈출했다는 것에서 풍월의 심정은 이해를 하나 그의 주장에는 동조하지 않았다. 오히려 정중히 사과하는 당가의 원로를 모욕하는 풍월의 태도에 실망하는 기색이 역력했다.

주위 분위기가 심각하게 변하자 구양봉이 풍월을 향해 고개를 흔들었다. 굳이 구양봉이 아니더라도 풍월 역시 조금 전까지만 해도 자신에게 우호적인 모습을 보였던 이들의 분위기가 바뀌었다는 것은 바로 알 수가 있었다.

'제길! 꼴만 우습게 되었네.'

씁쓸하게 웃은 풍월이 더 이상의 언쟁을 멈추고 물러나려 할 때였다.

"참으로 무례하지 않은가!"

탁한 음성과 함께 한 중년인이 느닷없이 끼어들었다.

모두의 주목을 받으며 기세 좋게 등장한 중년인, 청의문(靑衣門)의 장로이자 문주가 목숨을 잃은 후엔 사실상 청의문을 이끌고 있는 운령검객(雲嶺劍客) 조삼이었다.

숭산에서 서남쪽으로 백여 리 떨어진 곳에 위치한 청의문은 비록 규모나 실력 면에서 크게 명성을 떨치지는 못했지만 나름 오랜 전통을 자랑하는 명문이었다.

"그대가 중원무림을 위해 얼마나 애쓰고 큰 공을 세웠는지는 우리 모두가 알고 있다. 참으로 고맙고 감사한 일이다. 하나, 그렇다고 해도 이렇듯 무례하게 당가를 욕보이는 것은 있을 수 없는 일이다. 그대만큼이나 무림을 위해 애쓴 곳이 바로 당가다. 당인 노선배께선 얼마 전, 당가가 멸문에 가까운 참화를 당했다는 소식을 접하고 피눈물을 흘리셨음에도 본가로 돌아가지 않고 우리와 끝까지 피를 흘리며 싸우셨다. 그대는 지금 그런 분을 모욕하고 있는 것이다."

"그만하시게."

당인이 자신을 위해 나서준 조삼을 위해 감사의 눈빛을 보내며 더 이상의 언쟁을 막기 위해 슬며시 그를 말렸다.

하나, 조삼은 그럴 생각이 전혀 없는 듯 더욱 목소리를 높였다.

"그대가 화가 난 이유도 알고 충분히 이해도 한다. 본인뿐만 아니라 여기 계신 모든 분들이 같은 마음일 것이다. 하지만 당가와 당가의 가주는 피해를 당한 모든 이들에게 충분히 사과하고 용서를 받았다. 그대에게도 분명 사과를 했다. 대체 뭐가 문제인가? 충분한 보상을 원하는 것인가? 보상을 원한다면 이렇듯 꼬투리를 잡을 것이 아니라 속 시원하게 원하는 것을 말하는 것이 보다 남자다운 일 아닌가!"

당인의 안색이 변했다. 온갖 모욕을 참아가며 힘겹게 마무리를 지은 사안이 조삼으로 인해 다시금 커진다는 느낌을 받았다.

심정적으로 조삼의 말에 고개를 끄덕이던 수뇌들 역시 고개를 갸웃거리기 시작했다.

“재미있는 말을…….”

입을 다물고 있던 풍월이 가소로운 웃음과 함께 뭐라 대꾸를 하려는 찰나, 조삼이 그의 말을 끊었다.

“그것도 아니라면 이쯤에서 그만하게. 솔직히 똥 묻은 개가 겨 묻은 개를 욕하는 것처럼 우스운 일은 없으니.”

“무슨 뜻이오?”

풍월의 물음에 조삼이 코웃음을 쳤다.

“몰라서 묻나?”

“모르니 묻는 것이오. 저쪽이 겨가 묻었다는 것은 알겠는데 내가 똥이 묻었다라. 대체 어떤 똥이 묻었는지 들어나 봅시다.”

얼굴은 웃고 있지만 눈빛만큼은 싸늘하다 못해 차가울 정도였다.

‘이런 미친놈이! 닥치지 못할까!’

조삼을 바라보는 당인의 눈빛이 살벌해졌다. 사람들의 이목이 없다면 한 대 후려칠 기세였다.

당인의 간절한 바람을 간단히 외면한 조삼이 모두가 들으라는 듯 큰 소리로 외쳤다.

"흡성대법!"

『검선마도』 12권에 계속…